集英社文庫

働　く　女

群　ようこ

集 英 社 版

働く女♥目次

本文イラスト・沢田としき

働く女

それでも私は売りに行く

百貨店外商部　チハルの場合

「きみ、ちょっと」

背後で声がした。チハルが振り向くとそこには書類を手に、憮然《ぶぜん》とした表情の部長が立っていた。彼は会議室とも呼べない、一人掛けの椅子《いす》が四脚と小さなテーブルが置いてある部屋に入っていった。

「失礼します」

あわてて後をついていったチハルは、どかっと大股《おおまた》を開いて座っている彼に一礼し、ちんまりと椅子に腰掛けた。部長は黙って書類に目を落としたままだった。

チハルはこの部長がとても苦手だった。年度替わりの四月から、外商部の部長として配属になったのであるが、異様に数字に厳しく、部下を怒ってばかりいる。前の部長のときは、

「いくら朝礼をやったって、売り上げが伸びるわけじゃなし」

といって、二、三分で簡潔に終わっていたのが、今度の部長はだらだらと三十分以上は話す。ところが話が終わると、いったい何の話を聞いたのやら、さっぱり理解できないのであった。

「成績悪いな。何やってんだ」

部長はチハルをにらみつけた。

「はあ……」

「はあ、じゃないだろう。何をのんきな顔をしてるんだ。よく平気でいられるなあ」

彼は小馬鹿にしたような顔でチハルを見た。

「平気ではありません。自分でも売り上げが落ちているのはわかっていますが。たまたまいろいろなことが重なってしまって……」

「いろいろなこと？　あの一人暮らしの婆《ばあ》さんのことか？　あんなの今はたいしたことはないだろう。昔はたくさん買ってくれたのかもしれないが」

担当の顧客を「あんなの」といわれて、チハルはむっとした。

「違います。お客様それぞれにご都合がおありになって、それが重なってしまって、売り上げが下がってしまっただけなんです」

「下がってしまっただけ？」

部長は脚を組んだ。

「下がってしまっただけとはどういうことだ。下がってしまったっていうことは、大変なことなんだぞ。お前の役目は、売り上げを上げることなんだぞ。わかってるのか。何年この仕事をやってるんだ」

「わかっています。わかっていますけれど……」

「わかってないんだよ。わかっていれば、なっ、どうしてこんなことになったかわかってりゃ、のんきになんかしていられないだろう。たしかにお前は朝から晩まで外回りをしている。それであの売り上げか？　外に出て遊んでるんじゃないかって思われたって、仕方がないだろ」

「遊んでなんかいません！　日報に書いて提出している通りです」

「ああ、読んだ。たしかに顧客のところを回っているようだが、売り上げがないんじゃしょうがないじゃないか。結局は、ただ世間話をして帰ってきてるだけだ」

一方的にいわれて、チハルはいってやりたいことが山ほど喉《のど》に詰まってしまって、言葉が出なかった。

一人暮らしのお婆さんというのは、お医者さんの未亡人で、七十歳を過ぎてひっそりと暮らしている人であった。息子さんや娘さんたちはそれぞれ所帯を持っている。日常で必要な品物を電話で頼まれ、チハルが届けるのであるが、日用品が多いのでそれほど売り上げがあるというわけではない。また話し相手が欲しいらしく、家を訪ねると最低三時間は解放してくれない。それも仕事のひとつだとチハルは思っていた。

たしかにご主人が健在であったころは、いい顧客であった。年に二回、金金会という大きな展示会がホテルで行われるのであるが、そこにも欠かさず顔を見せ、高価な絵画や陶器、宝飾品を買ってもらった。贈答品の数も多かった。しかしそのご主人が亡くなられてからは、未亡人は店にもほとんど姿を見せず、大きな金額の物だと、お孫さんの成人式の振袖《ふりそで》や、親戚《しんせき》に配る冠婚葬祭の品々などだった。いくら頼まれたからといって、干物や瓶詰めなどばかりでは味気ないと思って、

「見ていただくだけで結構です。無理にお願いはいたしません」

といって、似合いそうな指輪を数点、持っていったこともある。彼女は、

「まあ、きれいねえ」

と目を輝かせて、

「はめていいかしら」

と遠慮がちにエメラルドやパールの指輪をはめて眺めていた。

「おたくでも今までたくさん買わせていただいたけど、ほとんど娘たちに分けてしまったのよ。何だか歳をとってきたら物を持っているのが億劫《おっくう》になってね。若い人に差し上げて喜んでもらったほうが、持っていることよりもずっとうれしいの。私も今まで十分楽しませてもらったし」

という。チハルもそれはもっともだと思った。

「どうもありがとう」

そういいながら未亡人はケースに指輪をしまった。

こういう人にどうやって高い物を売れというのだ。

事業に失敗した顧客もいる。バブルのときには、「本当にいいのか」と驚くくらい、商品がばんばん売れた。そして今は行方知れずという人もいる。未回収分の代金が相当あるのも事実だ。失敗はしないまでも、業績が悪化して資金繰りに困り、足が遠のく顧客も多い。

「そういう顧客に売るのが、お前の仕事だろうが」

部長はそういってチハルに怒るのだ。

売り上げが悪いのはチハルだけではない。成績が上がっている人など皆無なのである。

「他の人間は、みんな必死になってるぞ。お前だけいつものんきそうじゃないか」

学生時代からチハルは、

「おっとりしている。みんながあわてているときも、のんびりと構えている」

といわれた。本人は本人なりに、あわてているのだが、それが他人には伝わらないのだ。

チハルの向かいの席に、十歳年上の女性社員がいるのだが、太った彼女はいつも鼻息が荒く、せわしなく動き回っている。そういう人を見ると部長は、満足そうにうなずいているが、実は彼女のほうがチハルよりも売り上げが低い。しかし、まさか今ここで、部長にそんなことをいえないので、チハルは腑《ふ》に落ちないまま、黙り込んでいた。

「金金会の動員数だって、何なんだ、こりゃ。去年の半分だぞ」

土日にホテルがとれずに、平日になってしまったのが原因じゃないかとチハルは思った。自営業でも働いている人は、平日に出向くのは難しい。そういうことも考えず、ただ売り上げが下がっただの、動員数が減っただのと、やいやい怒られる。

「たまたま用事のある方が重なってしまったものですから」

「そんなことをいったってお前。用事っていったってなあ。お前の努力が足りないから、行きたくなくなってるんじゃないのか。どんなに忙しくたって、見たいものがあったら時間を作っていくぞ」

見たいものがないのは、会社の品揃《しなぞろ》えのせいじゃないのかといいたくなったが、それはぐっとこらえた。

「会のご案内状はみなさんにお渡ししました。ご用事があるとおっしゃられているのに、スケジュールを変えてまでもということは、私からは申し上げられません。何度も電話でいらしていただければとお願いしましたが、お時間を取っていただけませんでした」

「あのなあ、お前、根本的に勘違いしていないか。来ていただくのを待っているんじゃないんだ。来させるんだ。必要な物を買うのは当たり前だ。必要じゃない物をどうやって買わせるかが大事なんじゃないか。頭を使え、頭を」

部長は外商の経験が全くない。噂《うわさ》によると店頭で接客しているときは、一部のお世辞に弱いおばさんに物を買わせるのがとてもうまく、二枚舌ならぬ「五枚舌」といわれていたという。それに比べてチハルはお世辞がいえない質《たち》だった。顧客に、

「どうかしら」

と聞かれると、似合わないときは、

「お客様には他のタイプの物のほうが、お似合いになるのではないでしょうか」

と正直にいった。似合っても似合わなくても、何でも売れればいいというのではなく、やはり喜んで買っていただきたいという気持ちがあったからだった。

それは自分の経験から出たものだった。たとえば服を買おうかと迷ったときに、店員の口車に乗せられて買ったものは、ほとんど袖を通さなくなってしまう。あとで何度、もったいなかったと悔やんだかわからない。だからお客様には喜んで、長い間使っていただきたいと思っている。そういう顧客とじかに接する立場の人間の気持ちを、部長は全く理解していないのだ。

「お前、壁に貼り出された成績表を見ても、何とも感じないのか」

部長がまた大股を開いた。部屋の壁には成績表が貼ってある。金金会《かねかねかい》の動員数、数々のイベントでの売り上げ、月一回決められる販売強化商品の売り上げなど、個人別に棒グラフが作られている。ここ二年ほど、チハルは最下位を他の三人と争っていた。二人は若い男性と女性で、まだ経験不足とみなされていた。もう一人は向かいの席に座っている十歳年上の女性である。彼女は部長以外には部内で好かれておらず、同僚からは何をやっても無視されるような状態であった。そのなかで目立つのは、勤続二十年以上たっていて、店内の事情もすべて把握しているチハルであった。とにかくいちばんにらまれやすい立場にあるのだ。

「何も感じないわけではないですが……」

「そうだよな。あんなことをやられて、何も感じないやつは人間じゃないよな」

「…………」

「恥ずかしいだろ。どうしてがんばらない。どうして売ろうとしないんだ」

「ですから」

チハルは思わず大きな声を出してしまった。

「ん？」

部長は顎《あご》を上げた。

「私たちの仕事は、お客様との関係が密接ですから、買っていただくのはもちろんですが、お客様のそのときどきのご事情も察したり、理解しないといけないと思うんです。そうじゃないと長いおつき合いはできないんじゃないですか」

「誰も相手の立場を理解する必要はないといってるんじゃないぞ。そりゃあ、浮き沈みはあるさ。それなりの事情があるところで、うまーく少しでも物を買わせるのがお前の腕だろうが。違うか？」

この人には何をいっても無駄だと、チハルはため息をついた。

「とにかくお前はのんきすぎるんだよ」

部長はチハルの顧客リストを見た。

「このサエグサさんはシャネルが好きなようだが、最近はどうなんだ」

「先日も新着のスーツをお持ちしましたが、お気に召さないということでした」

「宝飾も好きだっただろう」

「一月ほど前に宝飾の担当者と伺いましたが、やはりお気に召さないということで……」

「他のブランドも、結構、買っていたはずだが」

「ご注文をいただいたバッグがあったのですが、調べましたらうちにルートがない商品でして。他の店で買われたそうです」

同じブランドのバッグでも、店舗によっては入る商品と入らない商品がある。仕入れのルートが違うので、客の注文で確実に売れるとわかっていても、仕入れができないこともあるのだ。

「うーむ」

部長は左手でがしがしと髪の毛を掻《か》きむしった。

(ほらごらん、全部、私が悪いわけじゃないわよ)

とチハルは腹の中でつぶやいた。

「よりによってなあ。かあーっ」

彼はとても悔しがった。その姿を見ているうちに、チハルはちょっと自分が優位にたてるような気がしてきた。

「うちに商品が入らないのは仕方がない。だが、お気に召さないからといって、はい、そうですかとそれを持って帰ってくるなんていうのは、恥ずかしいことだぞ。うまく説明して買わせなくちゃ。持って出た物は必ず買わせるくらいの気持ちでいないとだめだ」

部長はリストを見ながら、ねちねちとチハルをいびった。金金会に必ず顔を見せる、七十歳過ぎのご夫婦がいる。土地家屋をたくさん所有していて、悠々自適の生活をしている。

会のときも、作家物の高価な茶器セットを買ってもらったのだが、部長はそれじゃ足りないとチハルを怒った。

「会に来て商品を見て決めたんだろ。それだったら他にも勧めたら買う可能性があるじゃないか。なぜお前はそれをしない。ただ後をくっついて歩いてただけだったんだろう」

それはその通りであった。わざわざ足を運んでいただいて、そのうえ茶器を気に入って買って下さった。

「とりあえず、ひと通り、見せていただくわね」

と奥さんがいったので、ご夫婦の後をついて歩いていたのである。

「だめだ、だめだ。そんなことじゃ」

部長が声を荒らげた。

「頭を使え、頭を。たしか陶器の横は美術の担当だな」

「はい」

「そこに富士山の絵があっただろう」

たしかに富士山の絵はあった。もちろん同じ絵ではないが、毎度、毎度、出展されるものだ。就職した当初、

「どうしてこんな物が、いつも飾られているのだろう」

と不思議でならなかったのだが、定番商品といってもいいくらいの、売れる図柄だと知って驚いた覚えがある。

「おれだったらその富士山を売るね。まだ買ってないんだろう」

「あ……、はい。でもお嬢様が画家でいらして、お嬢様の絵がお宅に飾ってあるものですから。ちょっと……、あの絵は……」

「何をいってるんだ。そんなことは関係ない。お二人のこれからのご長寿を願って、縁起物でございますからいかがですか、くらいのことをいってみい！」

部長は顧客の趣味まで無視するような発言をした。

(ちっともわかってないじゃないの。商品を顧客にふりわけるような売り方はしないでよ)

それからずっと部長の小言は続いた。顧客別の売り上げをすべてチェックし、

「ああしろ、こうしろ」

と、とんちんかんなアドバイスを繰り返した。チハルは面倒くさくなって、ただ、

「はい、はい」

と素直に聞いているふりをした。

説教は一時間以上続き、やっと解放されたときには自分が五歳老けたような気がした。

席に戻ると、向かいの席に座っている例の年上の女性が、

「チハルちゃんは押しが足りないのよ。今度、宝飾のゴンドウさんと回ったらいいわよ。そうだわ、あの人がいいわよ」

と大声でいった。それを聞いた部長は、

「それがいい。そうそう、そうしろ。明日からすぐ回れ」

というのだった。

チハルはゴンドウが苦手であった。慇懃無礼《いんぎんぶれい》というか表面だけの笑みを浮かべ、おべんちゃらを並べ立てる。年齢はチハルと同年輩だったが、若い頃、一緒に外商に回り、あまりの態度にびっくりして、なるべく彼とは一緒にならないようにしていたのである。彼を連れていったら、長年築いてきた顧客との信頼関係が、一気に崩れるような気がした。しかし状況的にはチハルはどうしても売り上げを上げなければならないような雰囲気になってきた。売り上げがいいときもあれば、悪いときもあるさというような、気楽な考えが通用しなくなってきたのは事実である。でもごり押しで商品を売りつけたくはない。

(頭が、いたーい)

チハルはボールペンのお尻で、ぐりぐりとこめかみを押した。

翌日の十時過ぎ、ゴンドウが大きな鞄《かばん》を提げて、チハルを迎えに来た。香水をつけてい

る。

「久しぶり。さあ、今日もがんばろう！」

彼は大声でいったあと、薄い唇に薄笑いを浮かべた。どういうわけだか、部内ではぱちぱちと拍手が起きた。

（あー、やだ、やだ）

そんなチハルの態度を見透かしたのか、部長が、

「こら、胸を張れ。にっこり笑わんかい！」

と檄《げき》をとばした。

チハルは、

「行ってまいります」

と頭を下げて、部屋を出た。

ゴンドウは車を運転しながら、

「今日は何軒？」

と聞いた。

「三軒ですけど」

「三軒？　少ないなあ。午前中に一軒か二軒、午後は少なくとも四軒はいけるな。顧客全

部に連絡をとったの」

「全部は連絡はとれなかったんです」

「じゃあ、今、携帯で連絡をとりなよ。午後、暇だというところもあるかもしれないし。早く、早く」

チハルはしぶしぶ携帯電話を取り出し、申し訳ない気持ちでいっぱいのまま、リストを見ながら電話をかけた。そのうち一人の奥さんが、

「家にいるけれど……」

といったのを、

「申し訳ありません。見ていただくだけで結構ですから」

と何度も頭を下げてアポイントをとった。電話を切ったとたんにゴンドウに、

「見ていただくだけで結構ですっていういい方はまずいよ。顧客も頭からそう思うしさ。ぜひ見ていただきたい物がありますからっていうべきだな」

と怒られた。チハルは、

「はあ」

といったまま黙っていた。

一軒目の家に到着した。ご主人が建築家の家である。夫人が顔を出し、リビングに通さ

れたとたん、

「奥様、すばらしいお住まいでございますねえ」

とゴンドウが揉《も》み手をしながら叫んだ。

「あら、そんなことありませんよ。建てて十五年は経ってますから」

「そんなふうには見えませんですねえ。いやー、すばらしい。すっばらしーい」

チハルは当惑しながら、ぼーっと椅子に座っていた。ひとしきり室内や調度品を褒めちぎったあと、ゴンドウは、

「では、奥様にふさわしい品々をお持ちいたしましたので」

といいながら、鞄から指輪が詰まった箱や、ネックレスが入っているケースを取り出した。

「どれも奥様のためによりすぐった品々でございます」

ゴンドウの舌はぺろぺろとなめらかである。夫人は並べられた宝飾品を前に、目を丸くしている。

「奥様、こちらなどいかがでございましょうか。ちょっと失礼して。あっ、奥様、ぴったりでございますよ。肌の色がお白くていらっしゃるし、指がすっとなさっていらっしゃるから、エメラルドが映えること、映えること。んー、もう、すばらしいっ」

「まあ、お上手ねえ」

そういいながら夫人は、エメラルドの指輪を眺めている。

「そのタイプがお似合いでしたら、こちらのほうもお似合いでは」

ゴンドウはサファイアの指輪を取り出して、夫人にはめた。

「あー、こちらもお似合いでございます。奥様は平凡なデザインよりも、個性的な感じのほうがよろしゅうございますね。モダンでいらっしゃるから」

夫人はまた自分の手を眺めている。ちょっとうれしそうだ。でも、

「値段がねえ。いい物がお高いのはわかるけど。主人に相談しないと買えない値段だわ。これは」

今の世の中、へそくりでぽんと三百万円を自分の指輪のために出せる奥さんは、ほとんどいないのではないだろうか。

「たとえばでございますね、このような感じのはお似合いではないのですよ。失礼ですがお値段はこちらのほうがお高いのですけれど。ではちょっと失礼」

ゴンドウは大きな半円のパールの周りに、仰々しくダイヤモンドが取り巻いている指輪をつまんで、彼女にはめた。

「あら、本当ねえ」

「で、ございましょ。パールは定番ではございますが、奥様は若々しくていらっしゃるから、少しお地味でございます。こちらの色石のほうが普段、お使いになることができますし、ずっとお似合いで」

値段で首をかしげているところへ、値段が高くて似合わない物を見せて、似合っていて安いという印象を与える。これも販売テクニックのひとつとはわかっているものの、チハルはこのようにぺろぺろと舌が動かない。意に染まないことをいうと、ぐっと言葉が詰まってしまうのである。

「チハルさんはどう思う？」

そういわれて、

「やはり色石のほうがお似合いですね」

といった。これは正直な気持ちである。夫人はサファイアが気に入ったらしい。

「そうよねえ。でもねえ。値段がねえ」

そのとたん、ゴンドウは内ポケットから電卓を出し、ボタンを押して、

「奥様、ここまでにさせていただくことはできますが」

といった。二百万円の後半までダンピングした。

「そうねえ」

首をかしげている彼女に向かって、彼は、

「ここだけの話でございますが、こちらの石はグレードの高い物を使っております。デザイン的にダイヤをたくさん使っていないので、このお値段になっておりますが、逆にいえば石の質で勝負の指輪なんでございますよ」

「そうねえ、石の色はとてもいいものね」

ゴンドウは途切れることがないまま、ぺろぺろと舌を動かしまくり、とうとうサファイアの指輪を売ってしまった。そして、

「サイズもぴったりでございますし、すぐお使いになれますから、どうぞ」

とケースにいれて、指輪を有無をいわさず渡してしまった。

「いいのかしら。お金はお支払いしていないけれど」

「結構でございますよ。今月とはいわず、来月か再来月、口座から引き落としをさせていただきますから。それでいいよね」

そういわれてチハルははっと我に返り、

「ありがとうございました。引き落としの際には事前にご連絡させていただきますので」

と頭を下げた。

「ふふん、物を売るってこういうことなんだよ。わかった？」

車を運転しながらゴンドウはとても得意そうだった。

「いやがるのを無理に買わせたんじゃないぜ。その気にさせたんだ。あんたには、そういうテクニックがないんだな」

目の前で手品を見せられたようだったが、本当に夫人が気に入ってくれたのだったら、それはそれでよかったとチハルは思うことにした。

二軒目でもゴンドウのパワーは全開だった。

「あらたまったときにしか使えないような物は嫌いなの。普段に使えるのがいいわ」

という自営業の女性に、

「ちょっとしたお買い物にも、またパーティにもお使いになれます」

とこれも有無をいわさず腕に巻き付け、ダイヤのブレスレットを売ってしまった。

彼はますますふんぞり返った。

「おれ、半日で四百万以上、売ったぞ。わかった？」

チハルは気分が暗くなった。先月商品を持って顔色を窺《うかが》いに行ったときは、二人とも、

「いろいろと大変で。ごめんなさいね」

と断られた。どこも大変なのだと、チハルはおとなしく帰ってきたのである。

（金、持ってるじゃないか）

ちょっとそう思った。でもそのお金を使わせられなかった自分が悪かったのかもしれない。でも、予定外の物を買って、あとまた資金繰りが大変になるのではないだろうか。

「とにかく、あんたは甘いね。顧客のいうことを真に受けたらだめ。目を見なきゃ、目を。目を見てりゃ、本当にいらないのかいるのか、わかるってもんさ」

ゴンドウはまるでドライブをしているみたいに、口笛を吹きながら、三軒目の開業医の家へ車をとばした。

（やっぱり私が悪いの？　私が甘かったの？　でも自分に嘘《うそ》はつけない……）

ご機嫌なゴンドウの隣で、チハルはあまりに自問自答しすぎて、車に酔いそうになっていた。

だからおやじはイヤになる

一般事務職　トモミの場合

おやじというのは、どうしてどうでもいいことに首を突っ込んでくるのか。それなのにどうしてあんなに自分の手で物事をやろうとしないのだろうか。トモミは就職してから、ずっとそう思い続けている。短大を卒業してから、十八年。会社の女性社員で残っているのは経理の同期入社のマツザカさんとトモミだけだ。ある時期から女性を採用しなくなったので、二人だけになってしまったのである。マツザカさんは結婚をして子供が一人いる。彼女たちの会社では結婚をしたら退職するのが当たり前だった。マツザカさんが高校のときの同級生と結婚することを、上司に報告すると、

「それじゃあ、盛大に送別会をやらなきゃなあ」

といわれた。それを聞いた彼女が、

「会社はやめません」

といったことが大問題になったのである。上司をはじめ、おやじたちは、

「どうしてだ。結婚をしたらやめるのが当然だろう」

とおせっかいにもマツザカさんを説得しはじめた。

「家にいるのが妻の幸せだ」

「夫が働いているのに、どうして妻も働くのか」

「夫に我慢を強いるな」

「そんなわがままは許されない」

　等々、実の両親や婚約者もいわないようなことをいって、彼女の結婚に関係のないおやじたちが、やいのやいのと口をはさみはじめたのである。

　悪《あ》しき伝統であるが、トモミが就職したときに、三十歳以上の女性社員は一人もいなかった。結婚退職をする人がほとんどだったが、三十歳に近くなると、会社の雰囲気的にいづらくさせているように見えた。結婚退職となると、おやじたちは、

「よかったねえ」

　と満面に笑みを浮かべてくれる。めでたいめでたいと大騒ぎである。上司はまだ結婚式に呼ばれるかどうかもわかっていないのに、気の利いたスピーチをしようと、張り切っている始末であった。二十五歳までの退職は、とっても残念がられる。しかし二十五歳すぎとなると、

「あっそう」

　とどうでもいいようなリアクションが返ってくる。そして三十歳間近まで一人でいると、またおやじたちがしゃしゃり出てきて、

「結婚しないの？」

と女性たちを責める。

「どうせろくな仕事をさせてもらってないんだから、早く結婚したほうがいいよ」

などというおやじもいた。トモミは入社して何年かは、そういう現場を何度も目撃した。男性たちは、にやにや笑ったり、ちらちらと当の女性社員を見ながら、様子をうかがっている。だいたい彼女たちは知らんぷりをしていたが、なかに一人、あまりのしつこさに、

「うるさいわね、放っておいて」

とおやじを怒鳴りつけた人がいた。びっくりしたおやじは足がふらつき、足元のゴミ箱にけっつまずいて、転んでしまった。若い女に怒鳴られたのと、社員にげらげらと笑われたことがよっぽど悔しかったらしく、

「とっとと結婚してくれないとな、後がつかえてるんだよ」

と捨てぜりふを残して去っていった。

それ以来、おやじは彼女を目のかたきにして、仕事を全く与えなくなった。トモミたち数人の女性社員は、

「かわいそうねえ、何とかしてあげたい」

と話し合ってはいたが、いったいどうしていいかはわからずに、じっと事態を静観する

しかなかった。そしてそのうち彼女は転職していった。そのときもおやじたちが、

「あー、何かすっきりしたなあ」

などといっているのを聞いて、トモミたちは心底、腹が立った。

「このままじゃいけないわ」

「そうよ、そうよ」

退社後、みんなで御飯を食べながら、息巻いてはいたが、いざおやじたちを前にすると、何もいえなかった。

「あなたたちはどう思うのよ」

同期入社の男性たちを問いつめると、

「気の毒だとは思うけど……」

と口が重い。

「やっぱり会社に若い女の子がたくさんいたほうが気分がいいし」

「自分よりも年上の女の人が多いと、何を話していいのか、緊張しちゃうんだよな」

みんな消極的であった。彼らのいちばんの理由は、おやじたちに楯《たて》を突くと、自分の出世に影響すると思っているからのようだった。

「うち程度の会社でどうして出世なんかしたいのかしら。ばかばかしい。ああいうのが女

性社員の敵のおやじ予備軍なのよ。もう、うんざりだわ」

トモミたちは不満だらけだった。女性社員の意見は一致していると思われたのに、そのなかで一人、

「ごめん」

といって、同僚と結婚して退職した子がいた。誰と結婚しようがその人の自由だが、一緒になって男性社員の悪口をいっていたのにと、それを知ったトモミは、へなへなと腰砕けになってしまったのであった。

ところがマツザカさんは頑張った。本当に偉いとトモミは尊敬している。おやじたちの、

「日本の婦女子にあらず」

というような視線を無視。

「だんな、何もいわないの？　ふーん、我慢強いのか尻に敷かれているのか」

同僚の男性社員の言葉も無視。黙々と仕事をこなしていた。

マツザカさんの件があってから、それ以降に入社試験を受けた女子学生に対しては、そんな規定など何もないのに、

「結婚したらやめてもらうことになっていますが、それでもいいですか」

と面接のときにいうことになったらしい。入社してきた女の子からそれを聞いたとき、

トモミはびっくりした。

「あなたそれで、ＯＫしたの？」

「はい、だって受かりたいもの」

女性のみ制服があるし、仕事は事務職だけだし、今どきそんなことをいう、会社のおやじたちには本当に腹が立ってきた。

ふと気がついたら、トモミは女性社員の年長者になっていた。すると三十歳近くなったころから、今度はおやじたちのターゲットがトモミに絞られた。

「マツザカくんはいいよな。結婚できたし。あんた、どうするの」

「さあ」

「さあって。自分で相手を見つけられないのか。どうだ、オオヤマは。あいつはいいぞ。そうだ、オオヤマと結婚しろ」

オオヤマというのは四十六歳で、いつもよれよれのワイシャツを着ていて、髪の毛もいつ洗ったかわからない、不潔な男だった。仕事もミスばかりしでかしている。身長は百七十センチほどで、しまりのないぶよぶよの体つきからすると、体重が百キロ以上はありそうで、冬でもいつも汗をかいている男だった。げっと思ってトモミが黙っていると、何を血迷ったか、おやじは大声で、

「なあ、オオヤマ、カワカミさんと結婚してもいいよな」

といった。

「カワカミさんが、お前と結婚してもいいっていってるぞ」

それを聞いたトモミは、大慌てで、

「そんなこといってません。いやです！」

とおやじに負けない大声で叫んでしまった。うれしそうにふっと顔を上げたオオヤマは、真顔になって視線を机に落とした。

「恥ずかしがらなくたっていいぞ」

「恥ずかしがってなんかいません」

「いやあ、そんなに慌てているのはおかしいな。消極的になってたら、幸せはつかめないぞ」

「私はオオヤマさんとは結婚する気は、ぜーんぜんありませんから」

これだけはきっぱりいっておかなければと、トモミは必死で何度も繰り返した。その剣幕に押されて、おやじは、

「似合いの夫婦になると思うんだが……」

といってオオヤマのところに行き、何度も肩を叩《たた》きながら、何事か話していた。

(どうしてあんな奴《やつ》と結婚しなきゃならないのさ)

おやじの言葉を思い出すたびに腹が立った。手にしたシャープペンシルの芯が、ぱきぱきと折れた。周囲の男性社員はトモミの態度に恐れをなし、自然と無口になっていった。帰りの電車の中でも、腹の虫は治まらない。思わず、

「くっそーっ」

とつぶやいてしまい、隣に座っていた品のいい老婦人をびっくりさせたりした。晩御飯のときに両親に、

「会社でこんなことをいわれた」

と訴えたらば、

「せっかくの話を邪険に断るもんじゃない」

などとたしなめられたりして、トモミの立場がものすごく悪くなった。

「一生をかけてやるような仕事でもないんだろう。話があるうちに決めたらどうだ。その人もいい人かもしれないじゃないか」

トモミは頭を大きく横に振りながら、

「ぜったーいにいや」

と宣言した。

「いったいどうするつもり？　このままずっと家にいるの」

「うん。楽だもん」

「まあ、どうしましょう」

母はため息をついた。

「お母さんたちだって、娘がずっとそばにいたほうが安心でしょ。孫はお姉ちゃんのところにいるんだし。体が動かなくなったときに、娘に看てもらったほうが気楽でいいよ」

両親の介護をすることなど、全く想像もしていないのに、いちおうトモミはそういっておいた。両親は黙った。それを見たトモミは、これからも結婚しろだのといわれたら、この手を使おうとにんまりした。

トモミが結婚しないのは、相手がいないこともあったが、姉や周囲の女性を見ていて、結婚生活に首をかしげていたからだった。どんな状況においても、百パーセント満足することなどありえないのだが、彼女たちは夫の女遊び、借金、姑《しゅうとめ》との確執など、もろもろの悩みを抱えていた。どの人も別れる勇気はないようだ。特に子供がいるとほとんど我慢といった状態になる。

「ああいうことを我慢して、人間的に成長するんですよ」

母はそういうが、トモミにはそうは思えなかった。姉を見ていても、人間的に成長しているようには見えない。それよりも白髪と皺《しわ》が増えて、とても不幸そうな顔立ちになったのが、妹としては悲しいことだった。家にいれば御飯は黙っていても出てくるし、気楽に過ごせる。もちろん両親が歳をとってきたら、面倒を見なければならなくなるが、実の両親なのだから、それは当然だし、両親にとっても、自分が家にいるのは、安心な保険ではないかと考えていた。

仕事のほうでもトモミはいろいろと考えていた。商品の在庫のチェックであるとか、市場調査のまとめ、コピーなどをずっとやっている気はなかった。ちょうどバブルのとき、社内ではいっせいにコンピュータが導入され、これまで一部の社員しか使っていなかったのが、全社員規模で使えるようになった。トモミは早速、自腹を切って会社が終わったあと、パソコンスクールに通い、ひととおりをマスターした。転職をするときもパソコンを操作できるのが必須条件だと思ったからである。それからあれよあれよという間に社内のシステムが変わり、社内の用件はこれからはすべてメールで送るようにというお達しが出た。若い男性社員や、スクールに通ったトモミは、そういわれても、

「はい、わかりました」

とうなずいた。大騒ぎになったのはおやじたちであった。

「何だ、何だ、急に。こんなもん使えっていうのか。まいったなあ」

四角い箱を叩きながらおやじたちはいった。なかにはパソコンに詳しいおやじがいて、得意そうに講義をしていたが、ほとんどのおやじは、何をいわれているのかわからず、目が宙を泳いでいた。

「メールって、手紙だろ」

「そうだよ。結局、手紙を書けってことか」

「パソコンを使わなきゃいけないんだよ」

「どうして手紙を書くのにこれがいるんだ。手書きじゃまずいのか。それに手紙を書いてどうやって相手に出す？　どうしてパソコンが関係あるのかな」

「回覧板みたいなもんか」

「それだったらパソコンはいらないぞ」

「そりゃ、そうだ」

「面倒なことになっちゃったなあ、おい」

パソコン用語だけを、聞きかじったおやじたちは、鳥の雛《ひな》のようにひとつところに集まって、相談していた。

若い男性社員が自発的に、午後七時から会社の一室を使って、「おじさんのためのパソコン講座」を開いた。積極的に参加した人、しぶしぶ参加した人、重い腰があがらない人とさまざまだった。一時間たって室内にいたのは、七人だけだった。最初に二十人のおやじがいたのに、三十分後に八人がリタイア。一時間後に五人がリタイア。ほとんどが酒を飲みに行ってしまった。翌日、リタイアしたおやじたちは、

「インストなんとかだの、アップリケーだの、全然、わかんないよ」

とお手上げ状態だった。最後まで講習を受けていたヤマダさんは、昼休みにCD－ROMを買ってきて、インストールに挑戦していた。それを見たおやじたちは、わらわらと集まってきた。

「それはCDっていうやつだな」

「おれだって知ってるぞ。息子がそれで音楽を聞いてた」

「音楽じゃないんだよ。これに情報が入ってるんだ」

「ほおお」

おやじたちは驚嘆の声を出しながら、CD－ROMを見つめていた。パッケージを破いたヤマダさんは、うやうやしくCD－ROMを取り出し、セットした。ところが教えてもらったとおりにやっても作動しない。

「あれ、ありゃ」

彼は慌てた。

「どうした。講習を受けたのに、だめじゃないか」

からかわれてものすごくあせっている。

「おーい、おーい」

にっちもさっちもいかなくなって、後輩の男性社員を呼んだ。

「あ、これは」

彼は当惑した表情になった。

「どうした？　まずいことでもあったか」

「これは、このパソコンでは使えません。ウィンドウズ版を買うようにっていったはずなんですけど。これはマック用ですよ」

そういわれたとたん、ヤマダさんは、

「あちゃー」

とおでこを叩きながらのけぞった。

「そうだ、そうだ。そういわれたよ。ウィンドウズっていうのを買わなくちゃいけなかったんだよなあ。ああ、思いだした。店に行って、つい手近にあったのを買っちゃったんだよ」

「これ、返品できないんですよ」

「えっ、本当か」

「ええ、ほら、ここに書いてあるでしょう」

パッケージを示された彼は、

「こんな小さな文字、おれには見えん」

といい、不機嫌になった。

「高かったのになあ」

そういいながらマック版のCD－ROMを同僚に売りつけようとしたが、みんなに拒否されていた。

別のおやじは、取引先から、

「OA化されたんだってね、社のアドレスにメールを送っておくから」

といわれて、

「はい、わかりました」

と返事していた。ところが何が何やら全くわかっておらず、

「おいおい、メールが来るってよ。どうしたらいいんだ」

といいながら、会社でいちばん古いパソコンの前で、スイッチも入れずに座っていた。

じっと画面をのぞきこみ、両膝《りょうひざ》に載せた拳《こぶし》はグー状態になっている。

「スイッチを入れないと、だめですよ」

トモミが教えてあげた。

「おお、そうか」

パソコンが立ち上がり、文字が出たとたん、

「おおっ、これか」

とうれしそうに叫んだ。

「違います。スイッチを入れると、毎回これが出るんです」

「何だ、そうか。これじゃないのか」

おやじは文句をいいはじめた。トモミは自分から、手取り足取り教えてあげる気など全くなかった。おやじが下手《したて》に出てくれれば教えてやってもいいが、

「お前がやれ」

というような態度を少しでもとられたら、一生、知らんぷりをしてやろうと思った。

「ねえ、メールって来てるのかな」

ずーっと画面を見ていても、文字が出てこないとわかったおやじは、悲しそうな顔をしてトモミにたずねた。

「ああ、メールですか、プロバイダに接続しなきゃいけませんね」

おやじにはわけのわからない単語をいい放ってうろたえさせながら、メールボックスを開いた。

「おおおお、これ、これかあ」

おやじは目を輝かせている。

「出てる、出てる。『貴社ますますご清栄……』、おおおお、なるほどなあ。どうしてこんなことになるんだ」

おやじは前のめりになって、メールに見入っていた。今日はこれ以上、相手をするのはやめようと、トモミは自分の席につき、軽やかにキーボードを叩いた。周囲のおやじの目がまん丸くなった。

「すごいねえ。いつの間にできるようになったんだ」

会社に入って、はじめておやじたちに褒められたような気がする。

「ずっと前に、会社が終わってから、学校に通って勉強していたんです」

胸を張っていってやった。

「そうかあ」

「おれたち、いつも会社が終わってから、飲んだくれてたもんな」

思い知ったかとトモミは思った。女の子は仕事ができなくても若いほうがいいなんていってるが、あんたたちは何も努力なんかしてないじゃないか。見返してやった気分だった。

パソコンを操るトモミに対する、おやじたちの目は少し変わった。ちょっとは女性社員に対して、尊敬するようになったかと期待していたのに、実はそうではなさそうだった。男性社員は外に出ることが多い。社内にいても自分の仕事がある。おやじたちは彼らの背後を、紙を手にうろうろしている。ところが彼らが仕事に没頭していて、自分の入る余地がないとわかると、トモミのところにやってきた。そして、

「ねえ、これ、ちょっとやってくんないかな」

と猫なで声でいいながら、すり寄ってきた。

「はあ？」

トモミはちらりと横目で見ながら、

「今、忙しいので」

といった。いくら女性社員はろくな仕事をしていないとはいえ、遊んでいるわけではない。来客があったら仕事を中断してお茶を出さなければならないし、やることはたくさんあるのだ。

「忙しい？」

おやじはトモミが見つめている画面をのぞきこんだ。ものすごい勢いで文字が入力され

るのを、驚いた顔で見つめている。

「全然、手元を見ないねえ。どうして？」

「ブラインド・タッチっていうんです。いちいち手元と画面を見ていたら、能率が悪いから」

「へえ、それはどのくらいやればできるようになるの」

「本人の努力次第ですね」

「あ、ああ、そうだ、ねえ」

　おやじは口ごもってぼーっとそこに立ちつくした。いなくなったと思ったのに、ふと見たらまだ立っている。

「何ですか」

「いや、これ、やってくんないかなと思って」

「人を頼らないで自分でやって下さいよ。一生懸命やっている人もいるじゃないですか」

　トモミは少し離れた席に座っている、ヤマダさんを見た。彼は社内のパソコン講座に出席した後、トモミが出社すると、すでに来ていて、パソコンと格闘していた。キーボードを両手の人差し指二本だけで、突っついている。

「やつは、もともとああいうのが好きで、機械ものに強いんだよ」

おやじはああだこうだとぶつぶついいながら、もじもじしている。

「ね、どう、報酬は晩御飯ということで」

(誰がこんなおやじに食事をおごってもらって喜ぶか)

トモミはその言葉を無視し、

「はい、座って」

とおやじの机にでんと置いてある、使われた形跡が全くないパソコンの前に無理やり座らせた。起動してみるといちおうアプリケーションソフトはインストールしてある。言葉であれこれ説明しても混乱するだけだろうから、彼女は最低限のことだけを教えることにした。

「これはマウスです。こうやって動かすと画面の矢印が移動します」

「ああ、うーん」

おやじはほとんどやる気がないようだ。

「覚えないと、仕事ができませんよ。自分のことは自分でして下さい」

「あ、ああ、まあ、そうだ」

「ちょっと動かしてみて下さい」

おやじはむんずとマウスをつかみ、パッドに押しつけた。

「下にボールが入ってますから、もっと力を抜いて。軽く持って」

マウスひとつ動かすのも、ひと苦労である。

「練習して下さい」

おやじはぐりぐりとマウスを動かしていたが、ふと手をとめた。

「あのう、机の端っこまできちゃったんだけど」

おやじは右手にマウスを持ったまま、机の下にずるずるとすべらせようとした。

「机から離して、またパッドの上に置けばいいんです」

トモミの言葉におやじは肩をすくめた。

次はクリックの仕方である。毎日使っている者には簡単であるが、触ったことのない人間にはこれも大騒動である。ダブルクリックがうまくいかず、おやじは、

「ああっ、もう、人差し指がつりそうだ」

と悲しそうな声を出した。

「力を入れすぎです！」

おやじの右手人差し指は硬直していた。マウスが汗まみれになるくらい練習して、やっとダブルクリックをマスターした。

「ほら、ちゃんとできるじゃないですか」

「ふーん」

褒めたらすぐ図に乗る。

「ちょっと待って。ひと休みさせてよ。きみも飲むだろ。コーヒーを持ってきてやるよ」

こんなことをしてもらうのもはじめてだった。パソコンを使っているときは、水分をキーボードにこぼさないようにと注意したが、おやじは、

「わかった、わかった」

といいながら、ずるずると音をたててコーヒーをすすっていた。

十分ほど休んだあと、第二段階に入った。

「画面に、はい、いいえ、という表示が出たら、自分のしたいほうをクリックするんですよ」

するとおやじは、じーっと画面を見つめたまま、固まっている。

「どうしたんですか」

「クリックって何だっけ」

トモミは呆然《ぼうぜん》とした。

(今まで何を聞いていたんだあ)

深呼吸をひとつして、心を落ち着かせて、

「マウスを使うんです」

と静かにいった。

「あ、ああ、マウス。マウスってこれだ。わかった、わかった」

おやじは、わかったを連発しながら、おもむろにマウスを握り、画面の「はい」という表示のところにぐいっと押しつけた。あっけにとられているトモミを後目《しりめ》に、

「あれ？　あれ？」

と首をかしげながら、何度も何度もマウスを画面に押し続けていた。

「クリックです！　クリック！　こうやるの！　さっきいったじゃないですか」

マウスを奪い取り、トモミはクリックをしてみせた。

「あ、そうだった、かははははは」

トモミはどっと疲れた。幸か不幸か、おやじは、

「今日はこれでやめにするよ」

といい、それ以来、そばに寄ってくることはなかった。

すったもんだのあげく、それからは社内のメールのやりとりも、表面上はスムーズに行われるようになった。努力したおやじもいるし、そうではないおやじもいる。マウスを画面に押しつけたおやじは、若い男性社員を手下にして、こっそり仕事をやらせているよう

だ。二本の人差し指だけでキーボードを叩いていたヤマダさんは、二本指から五本指に移行することなく、二本指だけでものすごく器用にキーボードを叩いている。まるで十本の指が動いているかのように、マシンガンを撃つような速さでキーを叩く姿には、トモミも驚いた。そういう状態が当たり前になったとたん、おやじはまたもとのような態度でトモミに接しはじめた。彼女の努力のことなどほとんど宇宙の彼方《かなた》に消えていた。

「うちの知り合いで、再婚相手をさがしているじいさんがいるんだけどさ。あんた、もう、ギリギリだよ」

などという。

「結構です！」

トモミはきっぱりと断り続けている。そして、

(結局、おやじのほとんどは、私の努力なんかわかろうとはしないんだ。何があっても変わらないんだ)

とあきらめ状態になっているのだ。

とりあえず子連れでレジを打つ

コンビニパート　ミサコの場合

生後半年のケイタと二十三歳のミサコを残して、夫は突然、三十一歳で亡くなってしまった。会社の帰りに泥酔して公園の高い木によじ登り、そこから落下した。打ち所が悪くてわけがわからないうちに、あの世に行ってしまったのである。

「あんたって、何てばかなのよ」

悲しいのはもちろんだったが、葬式のときもミサコは情けなくて仕方がなかった。これから子供と二人で暮らしていくかと思うと、悔やんでも悔やみきれなかった。

それまでも酔っぱらうとはしゃいでしまう夫に、彼女は何度も釘をさしていた。家に帰ってくるときも、踊りながら帰ってくる。大声でわめく。ものすごくハイテンションになるのだ。アパートの隣の奥さんからも、

「昨日もうるさかったわねえ」

とたびたび文句をいわれた。

「どうして同じことを繰り返すのよ」

翌朝、ミサコが怒ると、彼はいちおう、

「わかった、すまない」

とあやまる。しかし酒を飲めばいつも同じだった。彼の友だちは、

「明るい酒でいいですよ。会社では宴会部長ですから」

といってくれるものの、ミサコはうれしくなかった。どんなにばかなことをしているか、想像できたからである。

「宴会のときならまだしも、どうしていつもこうなのよ」

と怒ると、彼は部屋の中でバレリーナのように爪先立《つまさきだ》ちをして、

「だって、楽しいんだもーん」

と、くるくるとまわった。またあるときは、ブルース・リーの真似《まね》をして、タンスを蹴《け》ったりした。最初は文句をいっていたミサコも、ばかばかしくなり、そのうち布団をかぶって寝たふりをしていた。すると、

「あれれ、ミサコちゃんもケイタくんも寝ちゃったんですね。じゃあ、パパは一人で踊りまちゅ」

といいながら、妙ちくりんな踊りを踊っていた。そしてそのうち服を着たまま眠ってしまうのだった。

しかしその夜はそうではなかった。十一時すぎに電話がかかり、夫からだと思って、

「もしもし」

と不機嫌な口調で電話に出たミサコの耳に、

「奥さんですか、あの、大変なことになってしまいました」

と夫の同僚のひどくあせった声が聞こえてきた。あわてて眠っているケイタを抱え、夫が運ばれた病院にタクシーで向かった。そこには沈痛な面持ちの同僚の男性五人が立ちつくしていた。

「申し訳ありません。僕たちがちゃんとしていればこんなことには……」

彼らの様子から、悪い状態であることがミサコにはわかった。病院のベッドに横たわっていた彼は昏睡《こんすい》状態で、すでにミサコや息子のことはわからないようだった。医師からも覚悟をしておくようにといわれたが、ミサコはまるでテレビドラマを見ているようにしか思えなかった。何度も、

「うそでしょう、これ」

といいそうになった。しかしこれは現実だった。ミサコは病院からまず夫の両親に電話をし、次に自分の母親に電話をした。

地方から夜通し車をとばしてやって来た両親を待っていたかのように、夫は息を引き取った。両親もわけがわからず、ただただ呆然《ぼうぜん》としていた。

「酔っぱらって木から落ちたそうです」

ミサコが低い声でいうと、姑《しゅうとめ》は、

「えっ、何？　何なの、それは」

といい続けていた。出血をせず、頭の中に血が溜《た》まってしまったと医師が話しても、

「ええっ、でも、そんなことで」

と亡くなったことを全く信じようとはしなかった。病院側の人間以外、ミサコの夫が亡くなったことは信じられなかった。

「あなたがちゃんとしないからよ。だからこんなことになったのよ」

姑はミサコを責めた。二人の結婚に強硬に反対していた夫の両親は、若くして未亡人になったミサコに冷たかった。

「かわいそうに。別の人と一緒になっていれば、こんなことにはならなかった。あの子がお酒を飲み続けてたのも、あなたに責任があるのよ。家に帰りたくないような環境にしているから、外でお酒が飲みたくなったのよ」

舅《しゅうと》は酒を飲まないので、酒好きの息子の行動は理解できないようだった。

夫の両親は、ミサコの父親が誰だかわからないということ、ミサコの外見が派手で煙草《たばこ》を吸うということで、彼女の母親ともども嫌っていた。結婚式でも仏頂面をしていたくらいである。ケイタが生まれたときも、一度、顔を見にきたが、

「やだ、あなたそっくり」

と顔をしかめた。ミサコに似ているのが気に入らなかったらしく、それ以来、姿を見せなくなった。夫は、

「気にするな」

といってくれたが、その彼はいなくなってしまったのだ。

葬式の日、夫の両親は号泣し、姑は集まった親類に、

「だからだめだって、あれほどいったのに」

と原因がミサコにあるかのように泣きながら訴えていた。ミサコの母は参列者の隅っこで、小さく小さくなっていた。姑は号泣したかと思えば、ミサコの悪口をいいまくり、とにかく泣いたり怒ったりしていた。舅は終始無言だった。

初七日、四十九日が終わると、ミサコは夫の両親から、ケイタを置いて、離縁して欲しいといわれた。

「お断りします」

もちろんミサコは拒否した。

「どうしてっていったって、あの子が亡くなった以上、あなたがうちにいる意味も必要もないでしょ。でもケイタはうちの跡取りですからね。だから籍を抜いてちょうだい」

姑はそれが当然というような態度だった。

「いやです。籍を抜くのであれば、ケイタも一緒でないと納得できません」

「ふーん」

姑はうなった。そして、

「いくら欲しいの？」

とにやっと笑った。ケイタは彼女の孫である。普通の感覚の祖父母なら、まず孫のこれからが心配なはずだ。それなのに彼女は、まるでミサコが金欲しさにごねているといった口振りだった。

「私のためじゃありません。この子のためじゃないですか」

ミサコは悔しくて半泣きになった。

「だから、引き取るっていってるでしょ。うちにいればケイタだって、何の心配もないのよ。あなたに育てられるほうがずっと心配だわ。煙草は吸うし、とにかく派手だしねえ。仕事をするっていったって、その間、ケイタは一人ぽっちでしょう。それはよくないわ。私たちがかわいがって育てるから。ね、あなたは実家に帰って」

姑は薄笑いを浮かべていたが、ミサコにはそれが悪魔の顔に見えた。派手といったって、髪の毛を茶色にして、化粧をちゃんとして、マニキュアを塗るのが好きなだけだ。これまで孫をかわいがってくれたことなんかないくせに、突然、跡取りだの何だのといいはじめる。

「とにかく、この子は絶対に渡しませんから」

ミサコはきっぱりと断り、姑をアパートから追い出した。それでも姑はしつこく、

「ケイタの将来をよーく考えなさい。また来るから」

と何度も繰り返した。

ミサコの母は、それを聞いてただおろおろするばかりだった。

「ごめんね、あんたに何もしてやれなくて」

と肩を落とした。地方の小さな町で、母は小さな飲み屋をやりながら、一人で暮らしている。ミサコがケイタを連れて、実家に戻るということも考えられるが、息子の将来を考えると、やはり東京で暮らしたほうがいいように思えた。小さな町では就職も限られる。またただでさえ母一人、子一人で暮らしてきて、周囲の人々から興味津々で見られていたのに、またその娘が子供を連れて戻ってきたとなったら、何といわれるかわからない。そういう環境にもミサコはうんざりしていた。

「誰にも頼らないで、自分でやるわ」

ミサコは決意した。ケイタを連れていった公園で知り合った友だちも何人かはいる。ど

うしても困ったときは同年配の彼女たちに相談してみよう。絶対にあの義理の両親には負けてはならないと思うと、体の奥からめらめらと炎が燃え立つような気がしてきた。

貯金や保険金などで、すぐ生活が困るというわけではなかったが、いつまでもぼーっとしているわけにはいかなかった。しかしミサコには身につけた技術がない。高校はいちおう卒業したことにはなっているが、課外活動に熱心だったので、授業にはほとんど出ていない。授業にはパソコンを使った科目もあった。

（ああ、あのときまじめにやっていれば……）

と悔やんだが、すでに遅しであった。情報誌を見ると、託児所つきの風俗関係や、水商売もあったが、それは最後の最後の手段であった。無邪気に寝ている息子の顔を見ていると、やはりそういう場所には足を踏み入れられない。あとは大手のスーパーマーケットのパートタイム、ファミリーレストラン、コンビニ関係しかない。ミサコは散歩がてら、近所の店を歩き回って求人がないか探してみたら、家にいちばん近いコンビニで募集していた。朝八時から夕方四時までという時間帯はありがたい。ミサコはケイタを寝かせ、急いで履歴書を書き、スピード写真を撮って、コンビニに持っていった。

店長は眼鏡《めがね》をかけた三十歳をちょっと過ぎた感じの男性だった。

「どういう理由で応募してきたんですか」

彼はぶっきらぼうに聞いた。ミサコは夫が思いがけない事故で急死してしまい、赤ん坊を抱えて生活に困っているのだと話した。

「ふーん」

もっと同情してくれるのかと思ったら、彼の反応はそれだけだった。何を話していても無表情だった。

「この時間に来てもらえるんだったら、お願いします。明日からいいですか」

あっさりと決まってしまった。もうひとついわなければならないことを、ミサコは忘れていた。

「あのう、生まれて半年の子供のことなんですけど」

「はあ」

「急なことだったので、保育園の手続きもしていないし、預ける親戚《しんせき》もいないんです。なので、あのう、しばらく、連れてきてもいいでしょうか」

「は?」

店長の目が丸くなった。

「すみません、連れてきたら……まずいですか……。まずいですよ……ね」

さぐるようにミサコがいうと、彼は、また、

「ふーん」

といい、

「別に、いいんじゃない」

と軽くいった。

「ありがとうございます」

ミサコは頭を下げた。変に念を押して気が変わられると困るので、

「では明日から、よろしくお願いします」

と挨拶《あいさつ》をして、そそくさと帰ってきた。

「お仕事みつかったよ」

寝ているケイタを見ていると、頑張らねばとまた力が湧《わ》いてきた。

翌日、ベビーカーを押してコンビニに出勤した。店長と男性三人女性一人のアルバイトが店内にいる。みんなあっけにとられてミサコを見ていた。

「今日からお世話になります。よろしくお願いします」

「あ、どうも」

みんなそういって頭を下げてくれたものの、視線は無邪気に指をしゃぶるケイタに注がれていた。

「かわいい」

おかっぱ頭をオレンジ色に染めた女の子がいった。マリちゃんという十九歳の女の子である。彼女がにっこり笑いかけると、ケイタもうれしそうに笑った。

「やだー、笑ってる」

あとの四人の男性は、どういう顔をしていいのかわからないようだった。

「こんなにちっちゃいの?」

店長はじーっとケイタを見ていた。子供が身近にいなければ、どれくらい大きいのかわかるはずはない。

「犬は半年過ぎると、大きくなるけど。人間ってまだこんなに小さいのか」

彼は不思議そうにケイタを見つめていた。

「ちょっと店長。犬と比べたら悪いですよ」

そばにいた夜学に通っているヨシダくんが、ミサコのほうをちらちら見ながらいった。

「いいえ、まだ犬と同じようなものですから」

ミサコがそういうと、ケイタが、

「おう」

と叫んだ。

「ほら、比べるなって怒ってますよ」

ヨシダくんがそういうと、みんな笑った。三十前とおぼしきちょっと暗いスルガさんと、ミサコよりも小柄できゃしゃな二十代半ばのテラヤマさんは、明らかに当惑しているようにみえた。

「それではここで着替えて下さい。マリちゃん、教えてあげて」

マリちゃんが更衣室に案内してくれた。

「これが制服です。ださいでしょ。あたしこれを着るのだけがいやだったんですよね」

彼女はぺらぺらとしゃべった。

「あなたはまだ若いからいいわよ。私に似合うかどうか心配だわ」

「平気、平気。前に五十歳のおばさんが着てたときもありましたから。別にこんな服が似合っても自慢にならないし」

そういって彼女は笑い、ロッカーの使い方、トイレの場所、そして、

「店長はちょっと変わってるんですよ。急に怒りだしたりするんだけど、知らんぷりして相手にならなければ、そのうち治まりますから」

と小声でいった。二人が話している間、ケイタは、

「おう、おう」

といってご機嫌だった。

「この子、どうしたらいいかしら」

ミサコが聞くと、マリちゃんは、

「レジのカウンターの裏に休憩室がありますから、そこがいいんじゃないですか。みんな交代で休憩するところですけど。他に場所もないし」

という。たしかに場所もないのに、申し訳ないなと思ったが、どうしようもなかった。

赤と黒の太い縞《しま》の制服のシャツに着替えたら、ケイタはじっとミサコを見ていた。

ケイタが乗ったバギーを休憩室に置き、マリちゃんに値札つけの機械の使い方や、商品の並べ方を教えてもらった。

「あと、外に分別ゴミのゴミ箱があるので、いっぱいになってたら、まとめて裏に持っていって下さい」

「はい、わかりました」

これからはマリちゃんを先輩として、頑張らねばならない。ケイタは最初、物珍しそうに部屋の中を見回していたが、そのうち、

「あうう、あうう」

と声を出してミサコを呼ぶようになった。それを見たテラヤマさんは、

「呼んでます、呼んでますよー、いいんですかあ」

と心配そうにミサコにいった。

「すみません、大丈夫です。いちいちかまっていたら大変なんで」

「ああ、そうですか」

彼はじーっとケイタを見ていた。

ケイタがおとなしくしてくれていたので、ミサコはとても助かった。それでもおむつが濡《ぬ》れるとぐずりはじめる。休憩室には小さな換気扇がついていたが、さすがにおむつを換えると臭《にお》いが充満する。ミサコは早く換気ができるようにと、ボール紙で空気を換気扇のほうへとあおいだ。店の人間は交代で休憩をする。マリちゃんはあやしたり、手を持って遊んでくれたりと、かまってくれたが、男性たちは異質なものが部屋の隅にちんまりといて、じっと自分たちのほうを見ているので、何となく落ち着かないようだった。

ヨシダくんはいちばん関心があるようで、昼食の弁当を食べながら、手を振ったり、百面相をしたりして、ケイタをかまった。ケイタも笑ったり、びっくりした表情をするものだから、ヨシダくんも面白かったらしく、

「何か今日は、あっという間に休憩が終わっちゃったなあ」

といっていた。テラヤマさんはなるべくケイタとは顔を合わさないように、びくびくと

しているようだったし、スルガさんはケイタには背を向けていた。

午後からはレジの補助である。学校が終わる時間帯になると、学生たちがわらわらと集まってくる。目当ては雑誌の立ち読みと、飲み物、お菓子である。二、三人のグループがいくつも集まるから、すぐ雑誌スタンドの前はいっぱいになってしまう。立ち読みはまあしょうがないのだが、中には座り読みをする子も多いので、それが邪魔になると店長が困っていた。

「いちいち注意するのも面倒だから、注意書きでも貼ってくれる?」

ミサコが担当になった。休憩室で適当な大きさに紙を三枚切り、

「他の方の迷惑になりますから、雑誌は座って読まないで下さい」

と書くことにした。ところがこんなことでも、いざ書いてみると、

「こんなんでいいのかしら」

と心配でならない。何度も書き直して店長に見せたら、ろくに見ないで、

「ああ、それでいいから、貼っておいて」

と簡単にいわれてしまった。ミサコが雑誌スタンドのほうに行くと、中学生たちは、雑誌を持ったまま、つつーっと散らばった。紙を貼り終わり、戻ってくると散らばった彼らはまたしゅーっと集まってきた。その間、一度たりとも雑誌から目を離さなかったのは驚

きだった。

休憩室では煙草を吸う人もいる。いつもはドアを閉めて思いっきり吸っているだろうに、ケイタがいるものだから、スルガさんは椅子《いす》の上に立ち、換気扇に向かって、煙を吐いていた。包装紙を取りに来てそれを目撃したミサコは、

「すみません」

とあやまった。

「はあ」

スルガさんはちょっとだけ会釈をして、煙草を吸い続けていた。

仕事のほうはそれなりにこなすことができた。最近は物騒な事件も多いので、サンドイッチやおにぎり、パンやお菓子が並んでいる棚はこまめにチェックをする。挙動不審と思われる客は、さりげなく後について、様子を見る。万引きも多い。休憩室やレジのカウンターには監視カメラのモニターが設置してあるが、それでもやられるときはやられてしまう。

「うちはどんなにあやまっても、子供でも許さないから。必ず親を呼んで警察に連絡をするんだ」

店長の目がきらりと光った。万引き防止にいちばん力を注いでいるようにみえた。夕方、

学生、会社員、主婦などで店が混雑しているとき、店長が万引きをした女子中学生二人をつかまえた。

（普通の子じゃないの）

ミサコはどきどきした。ところが二人は平然と薄笑いさえ浮かべている。休憩室で話を聞くというとき、店長は、

「ちょっと、この子、どけて」

といった。

「は、はい」

レジのサッカーをしていたミサコは、あわててケイタの乗ったバギーを外に出した。バタンとドアが閉まった。外に出したはいいが、置き場所がない。仕方がないので、お弁当を温めるための、電子レンジの横にバギーを置いた。客がレジの前にずらっと並んでいる。二台のレジはフル回転である。客の買った商品を袋に入れていると、隣のレジのヨシダくんが、

「あのー、レンジの横に赤ん坊を置いておくのはやばいんじゃないっすか。たしか横とか後ろとかに、たくさん電磁波がもれるって聞いたことがありますけど」

とささやいた。

「え、本当？」

偶然かどうかわからないが、ケイタはちょっと顔をしかめて、ぐずり出している。スパゲティナポリタンが入った器が、レンジの中でくるくる回っていた。

「ちょっと……」

ミサコはあわてて、おでんが煮立っている四角い鍋の陰にバギーを移動させた。マリちゃんはちらりと後ろを振り返ったが、レジを打ったあと、品物を袋に詰めてくれていた。

「ごめんなさい」

彼女は黙ってうなずいた。客の流れは絶えない。ミサコが手早く袋詰めをしていると、突然、

「うんぎゃー」

という耳をつんざくようなケイタの泣き声がした。みんなが声がしたほうを見た。ミサコは蒼《あお》くなった。

「どうしたの」

レジそっちのけで近寄ると、顔を真っ赤にし、手で払うようなしぐさをして大泣きしている。

「………」

おでんの鍋の前で、器を手に高校生が呆然と立っていた。そして、ケイタを抱き上げたミサコに向かって、

「なんか、あのう、しらたきを取ろうとしたら、汁がとんじゃったみたいで。まさかそっち側に赤ん坊がいるとは思わないから……」

とすまなそうにいった。ミサコは泣きわめくケイタの頭に濡らしたハンカチを当てながら、

「ごめんなさいね、びっくりさせて。大丈夫だから」

と高校生にいった。その間、マリちゃんがレジとサッカーを一人でやってくれていた。

それまでおとなしくしていたケイタだったが、頭に熱いおでんの汁が飛んだことで、たまっていた不満が爆発したのか、体中に力をいれてのけぞって泣きはじめた。客のおばさんたちは、

「あらまあ、お母さんは大変ねえ」

と同情してくれたが、若い子たちは、

「何でこんなところに赤ん坊がいるんだ」

といいたげに、不思議そうな顔で眺めていた。

「よしよし」

ケイタをあやしているものだから、もちろんレジの仕事はできない。あやせばあやすほど赤ん坊は泣きわめいた。

「うるさい！」

休憩室のドアが開いて、目をつり上げた店長が怒鳴り、すごい音をたててドアを閉めた。

「すみません」

ミサコは体を縮めて何度も頭を下げた。仕事に戻らねばと思いつつ、ケイタをあやしていたので、レジの仕事はマリちゃんにまかせっきりになっていた。

やっと客が途切れ、ケイタも寝入りそうになり、おとなしくなった。

「はーっ」

みんなでため息をついた。

「ごめんなさい」

マリちゃんにあやまると、

「いいえ、平気ですよ。それよりも店長のこと、気にしないほうがいいから」

といってくれた。

「赤ん坊って大変だなあ。泣かないとかわいいけど、泣いてると本当に憎たらしいな」

ヨシダくんはまたバギーに乗せられたケイタを見ていた。万引き女子中学生は親と一緒に、やってきた派出所の警官と店を出ていった。

「中に入れたら」

店長は無表情でケイタを指さした。

「はい、すみません」

ミサコはそーっとバギーを押して、休憩室の中に入れた。あと二十分でミサコの仕事は終わる。

「最後に外のゴミを見てきて」

店頭のゴミ箱はぐっちゃぐちゃになっていた。ちゃんと分別するようになっているのに、食べかけのお弁当が、ビンや缶のゴミ箱に捨てられていた。

「どうしてみんなちゃんとできないのよ」

ミサコは分別されてないゴミを分け、裏のゴミ捨て場に持っていった。

「お疲れさまでしたあ」

みんなより五分早く、あがらせてもらった。

「お先に失礼します。いろいろとご迷惑をおかけしました」

ミサコは何度も頭を下げながら、ケイタを抱え、バギーを押して家に帰った。どっと疲れがでた。

「大丈夫だったかなあ」

ケイタの頭を見たら、ちょっとだけ赤くなっていた。

「あんたのお父さんは頭から落ちたし、あんたも頭におでんの汁が飛ぶし。二人とも頭が弱点なのかもしれないわね」

ミサコは煙草に火をつけた。あのような状態で、ケイタを連れていっていいのやらいけないのやら、判断がつかない。自分はそのほうが楽だが、今日のように何が起こるかわからない。今日はおでんの汁が飛んだくらいだったからまだしも、頭の上に物が落ちてくることだってある。ずっと休憩室を占領するのも心苦しい。

「どうしようかねえ」

ケイタは安心したのか、熟睡している。一日を振り返ってみると、やたらとあやまっていたような気がする。あれがずっと続くのも辛い。

「うーん」

でもミサコは働かなければならない。因業《いんごう》な夫の両親に立ち向かうにはそれしかないのだ。

「しばらくこの調子でやってみるしかないよねえ」

ミサコはそばにあった洋服ハンガーを手にして、凝った肩をとんとんと叩《たた》き続けた。

そして私は番をする

元一般企業総合職　クルミの場合

体の具合が悪くなって、クルミは会社をやめた。まだ入社して一年もたっていない。一般企業の総合職ということで配属されたが、周りにいるのは意地悪な人ばかりだった。不況のせいかみな神経がかりかりしていて、ちょっとしたことでも大騒動になった。クルミはどちらかというとのんびりしているタイプで、彼らのいいはけ口になってしまったのである。

「みんなが一生懸命仕事をしているのに、のろのろとしている」

「仕事をしているように見せて、さぼっている」

「あんたの仕事が遅い分の尻拭《しりぬぐ》いをしているのは私たちだ」

などと罵《ば》倒《とう》された。

同期入社のなかには、

「気にすることはないわよ」

とかばってくれる人もいたが、とにかく何が何だかわからないまま、忙しく働かなくてはならなかった。

「気がきかない」

「仕事の覚えが悪い」

「やる気がない」

そう叱《しか》られるたびに、

「はい」

と返事をしていたのだが、しまいには、

「あんたは返事をすればいいと思ってるんでしょ。はいということはわかったっていうことよ。あんたは全然わかってないじゃないの」

といわれた。わかっているもいないも、ろくに仕事など教えてもらえなかった。最初、

「よくわからないので、教えて下さい」

と先輩にいったらば、呆《あき》れ顔で、

「そんなの、人がやっているのを見て、学ぶものよ。そんな暇なんかないわ」

とそっぽを向かれた。クルミがやらされたのは、市場調査のまとめとか、上司が書いた書類の清書といった内容の仕事だったが、会議があるからと、最初に仕上げるようにいわれた日から、突然、三日も繰り上がったりして、あわてて残業をした。するとそれを見た先輩たちからは、

「ふだんは仕事が遅いのに、当てつけがましく仕事をしてるのね」

と聞こえよがしにいわれたりした。社内で彼女たちをたしなめる人は誰もおらず、クルミはいわれ放題だった。みんな見て見ぬふりをしていたのである。せっかく入社したのに、ここで頑張らなければと耐え続けたが、体調が悪くなり、とうとう十二指腸潰瘍《じゅうにしちょうかいよう》になってしまった。しばらく入院していたのだが、病院のベッドで寝ている間に、

「もう会社へは戻りたくない」

といい続けた。両親も、

「体をこわしてまで勤める必要はない」

といったので、体調不良を理由に、そのまま退社してしまったのである。

同期入社の友だちからは、心配した手紙がきたが、先輩や上司からは何の連絡もなかった。両親は、

「娘をこんなふうにしておいて、挨拶《あいさつ》のひとつもない」

と怒っていたが、もうあの会社と関わることがないと思うと、クルミはほっとした。幸い、病気のほうも完治し、自宅でぼーっとしていた。母は、入院したときは心配していたが、治れば治ったで、

「どうするつもり？」

と暗い顔でいった。クルミは一人っ子で自宅から通っていたので、会社をやめてもふだ

んの生活には支障はなかった。しかしこのままでは自分はいけないと思っていたし、両親も心配はしながらも、いちおうは勤めて欲しいと考えているようだった。

「こんな世の中だしねえ。またすぐ就職先が見つかるとは思えないし」

クルミは母の言葉を黙って聞いていた。

「お父さんの会社にも聞いてもらったんだけど、やっぱり無理らしいわ」

親のコネなどで就職するのはいやだったので、自分の力で何とかしようと思い、十何社受けてやっと合格したのが、あの会社だった。彼女は今の状態では父のコネでも何でもつかって、また働きたかったが、それもままならない。

「仕方ないよ。あせっても」

クルミはぽつりといった。

「それはそうだけど。今は一度会社をやめたら、よほどの人じゃない限り、再就職なんかできないわよ。あんたはただでさえ、のんびりしているんだから、やる気のある人たちにどんどん抜かれるわよ。まあ、女の子だからそれでもいいけど、ずっとこのままっていうわけにはいかないからねえ」

たしかにその通りだった。病気だったこともあって、母は強く再就職は勧めなかったが、このままの状態が続くと困るので、いちおうは考えておくようにと釘を刺されたのだった。

就職情報誌などを買ってきて眺めてみても、経験者や新卒者でも男性の募集がほとんどだった。父は知り合いの会社などにも声をかけてくれたらしいが、どこもだめで、

「もう、いいから、お前は見合いで結婚しろ。就職先を見つけるよりも、そっちのほうがずっと楽だ」

といいはじめた。父が、

「娘に新しい勤め先を探しているんだが」

というと、相手の人事担当者は、就職よりも何よりも、

「娘さんは結婚する気はないのか」

と聞いてくるという。三十代半ばから四十代にかけて独身者が多く、相手を探してくれるようにいわれているらしい。就職先はないが、結婚する先はある。それを知った父は、いっそのこと見合いで結婚させてしまったほうがと考えたらしいのである。

「やだ。いつかはするかもしれないけど、今はいや」

「いつかする気があるんだったら、今だっていいじゃないか。これから歳をとったら、ますます嫁ぎ先がなくなるぞ」

「昔じゃあるまいし。適齢期なんて関係ないの。自分が結婚したくなったときが、適齢期なの」

「大きな会社の主任や課長が相手を探してるんだ。体をこわしてまで働くよりも、そっちのほうがずっとお前のためになるんじゃないのか」

　父は、

「とにかく会うだけ会ってみたらどうか」

　と見合いを勧め、母は迷っているようだったが、どちらかというと父のほうに味方したいようだった。

「丈夫だったらいいんだけど。病気をしたからねえ。また会社に勤めても、ああいうことになるんじゃないかと思って」

　クルミはああいう会社に入ってしまったのはたまたまで、他の会社はあれよりはましなのではないかと期待を持っていた。いくらのんびりしていても、すべてに満足できる職場なんてありえないことくらい、クルミにもわかっている。あの会社はひどすぎた。ああいう所を経験したから、多少、他の会社でひどいことがあっても、今度は我慢できるはずだ。しかし自分の体に不安を持ったのは事実だった。

「いやがるのにお見合いをさせてもねえ」

　母は迷っていた。

「いずれは結婚するんだ。体を悪くして会社をやめたのも、勤め人には向かないっていうことじゃないのか」

「それはただの偶然よ。そんなことと結びつけないでよ。たまたまストレスがたまって、具合が悪くなっただけだもん」

「そういうがなあ、今はどこも大変なんだぞ。どこに勤めていたって、みんなストレスがたまっているんだ。お父さんだって、営業成績が悪いのは指導の仕方が悪いからだって社長からいわれたあと、ストレスでものすごく毛が抜けはじめて。ほらみろ、こんなに薄くなっちゃった」

彼は後頭部を指さしながら、クルミのほうに向けた。たしかに薄くなっている。

「あははは」

思わず笑ってしまうと、父は、

「何がおかしい。それだけみんな、辛い思いをしているんだ」

と真顔でいった。

「そんななかに、やっと退院してきたお前を就職させるのは、親としてしのびない」

それを聞いた母は、うなずいている。

「でも……。結婚なんかしたくないもん」

また母はうなずいた。それを見た父は、

「本当にどっちにも調子よくうなずいているなあ」

と呆れ顔でいった。

「だって、二人のいうことはとてもよくわかるんだもの」

母はため息をついた。

「悪いことはいわないから、まず会ってみるだけ会ったらどうだ。働くのは結婚してからでもいいじゃないか。今どき女は家にいなければというような若い男は少ないだろうし」

クルミは返事をしなかった。

「具体的な相手って、もう決まっているんですか」

「いや、とにかくいろいろな会社の人事に聞くと、どこでもいわれるんだよ。就職先と違って、こっちは選び放題だな、きっと」

「就職先を聞きに行って、見合い相手を斡旋《あっせん》してもらうっていうのもねえ」

「結婚ていうのはそんなもんだ。何がきっかけになるかわからないじゃないか。そんなとでいい相手に巡り合ったりするもんだ」

両親はあれやこれやと話している。クルミはとにかく見合いだけは阻止しなければと、

「今は絶対に結婚しないから。だからお父さん、簡単に変な約束なんかしてこないでよ」

といい放った。

「何だ、変な約束とは。おれだってお前がいやだというのを無理じいするつもりはない。ただ、そういう選択もあるということだけは考えておいたほうがいいぞ」

父はちょっとむっとしたようだった。それっきり見合いの話は出なかった。

母は小さな古書店を営んでいる祖父母に電話をして、その話をした。彼らはクルミが病気になったのをとても心配していて、たびたび電話をかけてきていた。彼女が電話に出ると、

「体を大事にね。無理をしちゃいけないよ。私が代わってあげたいくらいだ」

とかわるがわるそういった。いくら店を開いているとはいえ、それで二人の生活すべてをまかなえるものではなかった。一緒に住んではいなかったが、祖父母の生活は勤め人の伯父《おじ》たちが面倒をみていて、店を開いているのはほとんど祖父母の楽しみのようだった。自宅と店舗が別なので、伯父たちが店じまいをしてのんびり暮らしたらといっても、祖父はいうことを聞かず、毎日、店に通っては店番をしていた。彼にとっては本が売れようが売れまいが、もうどうでもよかった。店にいることだけが楽しみだったのである。

ところが、祖父が転んで足をひねってしまった。七十代の後半で転ぶというのは大きなダメージになる可能性があるので、家での安静を命じられた。しかし頭はしっかりしている祖父は、

「杖《つえ》をついてでも店に行く」

といっていうことを聞かない。店を閉めるということは彼にとっては大問題だったのである。そこで伯父からクルミに、

「家でぶらぶらしてるんだったら、店番でもしたら」

という話がきた。最初は、

「古本屋さんの店番が、私にできるかしら」

と躊躇《ちゅうちょ》したが、

「大丈夫だよ。買い取って欲しいっていわれたら、あとで連絡するといえばいいし、ただ店を開けて、本の裏に書いてある値段を見て、レジを打てばいいだけだよ。ちょうどいいじゃないか」

といわれた。クルミもずっと家にいるのもつまらないし、アルバイト代もくれるというので、やってみることにした。

午前中、母が作ってくれたお弁当と、コンビニで買ったウーロン茶のボトルを持って、店に行った。電車に乗って五つ目の駅前商店街の中にある。駅前といっても私鉄沿線の小さな駅なので、人通りが多いわけではない。前日、祖父から預かった鍵《かぎ》でシャッターを開け、中に置いてあるスタンドや、百円均一の棚を外に出した。祖父は何度も、

「クルミちゃん、よろしく頼むよ」

と繰り返していた。

「おじいちゃん、どうかしたの?」

向かいの米屋さんのおじさんが声をかけてきた。

「転んでしまって、家にいるんです。私は孫なんですけど、手伝いで……」

といいうと、

「そうか、大変だねえ。お大事にっていっといてよ」

おじさんはそういって店に入っていってしまった。クルミはぺこりと頭を下げて、店の中に入った。

何年前からあるのかわからないような、濃い茶色に変色した本が、天井まである棚の上のほうに並んでいて、手にとりやすいところには、最近の単行本がずらっと並んでいる。実用書、哲学書、文庫本、新書、雑誌、写真集、アダルト物など、いちおうひととおりの本がある。アダルト物の棚のところには、祖父の字で、

「十八歳未満の方にはお売りしません」

と黒々と書いた紙が貼ってあった。

「もしもこういう本を買いにきた人がいたら、どんな顔をしたらいいのかしら」

胸がどきどきしてきた。アダルト物や写真集はみなビニール袋に入れてあったので、中がどういうふうになっているかは、立ち読みできないようになっている。古い小さなレジとトランジスターラジオが置いてある机の足元には小さな赤外線ヒーター、椅子《いす》の背には手編みの膝掛《ひざか》けがかけてあった。きっと祖母が編んだのだろう。古い電熱器の上にはやかんが載っていて、茶筒と湯飲みが置いてあった。机の後ろにも本棚があり、立派な箱に入り薄紙に包まれた値段の高そうな本がずらっと並んでいる。

「いくらくらいするのかしら」

そーっと箱を抜き取り、本の後ろを見ると、三万円というシールが貼ってあった。

「ひえっ」

クルミはびっくりして、箱に本をいれようと思ったら、薄紙がべりっと破れてしまった。

「うわっ」

いったいどうしていいやらわからなくなり、クルミはあわてて箱の中に本を押し込んで、置いてあった場所に戻した。

「破いちゃった……」

きっとあれで本の価値が少し下がったに違いない。クルミは何度も後ろを振り返り、誰もあの本を欲しがりませんように、そしておじいちゃんにもばれませんようにと祈った。

誰も客が来ないので、クルミは並べてある本の背をハンディモップで払い、でこぼこになっている本の背をきちんと並べ直したりした。しかしあとは何もやることがない。仕方なくいちおうは売り物になっている料理の本を持ってきて、眺めはじめた。ラジオのスイッチを入れるとNHKが流れてきた。クルミは知らないがキャリアが長いらしい、女性演歌歌手の歌が流れてきた。料理の本の肉じゃがの写真を、ぼーっと眺めていると、

「ありゃ」

という声がした。顔を上げると、白い上っ張りをきたおばさんが、クルミをじっと見ながら店内に入ってきた。上っ張りの左胸には、隣の定食屋の屋号の縫い取りがあった。

「おじいちゃんは？」

「あのう、転んで足をくじいてしまって。しばらく来られないんです。私は孫なんですけど、店番……」

といいかけると、おばさんは、

「あーら、あらら、大変だねえ。お年寄りは転ぶのがいちばん危ないの。私の姑《しゅうとめ》もね、駅の階段で転んじゃって、それから寝付いちゃって大変だったの。おじいちゃんはどうなの、ひどいの、えっ？」

「いえ、あの、お医者さんは大事にはならないだろうって……」

「あー、そりゃ、よかった、よかった。まだまだ元気で若いもんね。そうなの。そうだったの。ご苦労さんね、じゃあ、また」

おばさんはべらべらと一方的にしゃべって、帰っていった。間もなく、初対面の魚屋さんのおじさんが、

「おじいちゃん、転んだんだって？」

といいながら顔を出した。あっという間にクルミの祖父が転んだ話は、商店街に広がったようだった。店の人々が顔を出すたびにクルミは同じことを話さなければならなかった。しばらくご近所の人々の相手をしたあとは、また暇になった。

「これじゃ、おじいちゃんたちは生活できっこないわ。全然、本が売れないんだもん」

クルミは両手を上げて、伸びをした。そのとたん、外を若い今風の格好をした男性が通ったので、あわてて両手を下ろして膝の上に置いた。

「お弁当でも食べようかな」

クルミが弁当箱を開けようとすると、

「こんにちは」

と声がして、品のいい老婦人が顔を出した。

「はい」

弁当箱を机の引き出しの中にいれて、立ち上がると、老婦人は、

「今日《きょう》は……」

といいながら、店内を見渡した。

「あの、祖父はちょっと転んでしまいまして、しばらく休むことになりました」

クルミがそういうと、彼女は、

「あらそうなの。それは大変でしたねえ。どんなご様子ですの」

といいながら、ちょうど机をはさんで向かい側に置いてある椅子に座った。また同じことを話したものの、彼女は帰ろうとせずに、ずっと座り込んだままだった。

「あの、お茶を……」

クルミがうろたえてウーロン茶のボトルを手にすると、彼女は、

「あ、結構ですよ。持ってきてますから」

と手さげ袋の中から携帯用の魔法瓶を取り出した。手慣れた様子で蓋《ふた》にお茶をいれ、ひと口飲んで、ほーっと息を吐き、クルミに向かってにこっと笑った。クルミもつられてにこっと笑ったが、これからどうなるんだろうかと、ちょっと不安になった。

老婦人はクルミの名前を聞き、自分は本がとても好きで、青鞜《せいとう》に傾倒して平塚らいてうの著作を読み漁《あさ》り、大学でも専攻したこと、学校の先生と結婚して子供を四人生んで……

と女の一代記を語りだした。そして、

「クルミさんはどんな本がお好き？」

と聞いてきた。クルミはどきっとした。漫画しか見ないからである。

「本をほとんど読まないんです」

それを聞いた老婦人は、

「まあ、それはいけませんねえ。本を読むということは教養を深めるということにつながって……」

と延々と読書の必要性を語り始めた。クルミはいちおう、うなずきながら聞いていたが、お腹がぐーぐー鳴り出して、困ってしまった。

結局、彼女が帰ったのは三時半すぎだった。

「あー、お腹がすいた」

弁当箱を開けて、ひと口、ふた口、食べたとたん、どやどやと中学生がやってきた。クルミの顔を見て、一瞬、あっという顔をしたが、彼らはくすくす笑いながら、アダルト本が置いてある棚に集まり、表紙だけを見ながら、小声で話しては、またくすくす笑っていた。

（まさか、万引きする気じゃないでしょうね）

クルミは店内の天井に設置してある、防犯用の鏡をにらみながら、遅い昼御飯を食べた。彼らはひととおり、アダルト本の表紙をまぶたに焼き付けて、どやどやと店を出ていった。ほっとしてウーロン茶を飲んでいると、ぱらぱらとお客さんが来はじめた。買い物ついでの奥さんや若い女の子が文庫本を買っていったり、学生風の男の子が哲学書を買っていったりした。やっと店番をしているという気分になってきた。おつりを間違えないようにしなければと、それだけを考えていた。日が落ちて、大きなショルダーバッグを肩から提げた男性がやってきた。

「買い取って欲しいんですけど」

といいながら、机の上に本を積み上げはじめた。

「あの、わかる者がいないので、お預かりしておいて、のちほどご連絡するというのでいいですか」

彼はそれを聞いて、

「何だ、すぐ買い取ってくれないの。じゃ、いい。別のところへ行く」

と、さっさと本をバッグに突っ込んで出ていった。別に誰が悪いわけでもないのに、クルミはちょっと悲しくなった。あんなに邪険な物のいい方をしなくていいのにと思った。

日が落ちると、お客さんが増えてきた。漫画を買う人、雑誌を買う人、ベストセラーを買う人、さまざまだった。そのなかで若い男性が、写真集を手にして、クルミに近づいてきた。

「あの、これ、中が見たいんですけど」

それはヘアヌード写真集として評判になった本だった。扇情的な表紙にぎょっとしながら、彼の顔を見ると、真剣な目つきをしている。

「あのう、いちおうこれは封をしてあるので、中は見せられないんですけど……」

クルミがしどろもどろになって説明すると、

「前に写真集を買ったら、中が切り取られていたことがあったんです！　そういうことがまたあると困るので、確認したいんです！」

と真剣なまなざしで彼女に迫った。

「あ、ああ、そうですか」

彼の迫力に押され、彼女は机の引き出しからハサミを取り出して渡した。彼はビニールの封を切り、熱心に写真集を眺めはじめた。写真を食い入るように見つめ、ページを確認している。やたらと肌色が多く、クルミはどこに目をやっていいかわからず、外を歩く人々を眺めていた。

「買います。すみませんでした」

彼はチェックを終えて、お金を払った。

「いろいろなことがあるのね」

とクルミはつぶやいた。

八時の閉店ぎりぎりに三十歳すぎと思われる男性が飛び込んできた。一直線にアダルト本のところに行き、物色している。ところが彼の鼻息がはあはあと荒く、クルミはちょっと恐ろしくなってきた。何か差し迫っているんだろうかと思わせるような鼻息の荒さだった。彼女が体を硬直させていると、彼はアダルト本を八冊手にして、やってきた。そしてクルミの顔を見て、にやにや笑った。

(変な奴《やつ》)

無視していると、彼は、

「こういう本、よく売れる?」

と薄気味悪い笑いを浮かべながら聞いた。

「さあ。アルバイトだからわかりません」

クルミは急いで本を袋に入れ、

「五千円です」

といい放った。男はそれ以上は何もいわず、にやにやと笑ったまま、店を出ていった。

「ああ、やだやだ」

　クルミは身ぶるいしながら、外に出したスタンドや百円均一の棚を中に入れた。シャッターを半分下ろし、今日の売り上げを計算してみたら、一万二百円だった。その半分以上の売り上げがアダルト関係の本だ。

「おじいちゃんの古本屋って、アダルト物で成り立ってたの？」

　ふだん、祖父がどういう顔でそういった本を売っているんだろうかと、想像してしまった。

　家に帰って、すぐ祖父に電話をした。老婦人のこと、買い取り希望の人が来たが、あとで連絡するといったら帰ってしまったと話した。

「ああ、あの人は毎日来るの。買い取りはね、もしも本を置いていったら、まとめて伯父さんに車でこっちに届けてもらえばいいから。そうしたら家で見て、値段をつけるよ。ご苦労さん」

　祖父はほっとしたような声だった。クルミの両親も、どういう状況だったか知りたがったが、あまり詳しくいうと心配すると思ったので、

「楽よ。お客さんもほとんど来ないし」

　といっておいた。

「あら、それじゃ店が成り立つか、心配だわねえ」

いちおう両親は安心したようだった。最後に来たような変なのに来られると困るが、今日のような店番程度だったら、十分できそうだった。祖父もひと月くらいしたら、また元気で店に出ることだろう。

翌日もクルミは店に出た。商店街の人々が、

「こんにちは」

と声をかけてくれる。

クルミも頭を下げながら、開店の準備をはじめた。なんだか仲間にいれてもらったみたいでうれしい。今日は料理本ではなく、映画のムックを眺めることにした。やっぱり昼間はお客さんが来ない。お腹がすいてきたので、お弁当を食べようかなと思ったとたん、

「こんにちは」

「クルミさん、こんにちは」

と声がした。昨日の老婦人であった。

「今日はね、あなたのためにお芋を揚げてきたのよ」

彼女はささっと定位置の椅子に座り、手さげ袋の中から密閉容器を取り出して、蓋を取った。出てきたのは大学芋だった。

「どうぞ、召し上がれ」

箸《はし》を差し出され、断れないまま、クルミは大学芋を頰張《ほおば》った。それを見た彼女は、

「わたくしが学生のころにね、国語の先生が夏目《なつめ》漱石《そうせき》の……」

と自分の読書歴をまた話し出した。クルミは口をもぐもぐさせながら、何だかよくわからないけど、こういう毎日もいいかもしれないなと、思い始めていた。

なんだか不安で駆けまわる

フリーライター　エリコの場合

エリコがフリーランスのライターになって、五年になる。二十六歳までは小さな出版社に勤めていたが、専門がビジネス書だったので内容に興味が持てなかったことと、朝から夜中まで仕事をして、薄給だったこともあってやめてしまった。本は売れているはずなのに、社長が役員その他を身内で固めて、搾取をしていたので、社員にはいっこうに見返りがなかったのである。

社長の妻は副社長、長女や次女を役員にすえ、畑違いの仕事をしていた長女の夫を単行本の責任者にし、社長とトラブルがあった雑誌の編集長を追い出す目的で、出版関係にはまるで素人だった次女の夫を連れてきたりと、わけのわからない人事が再三、行われていた。仕事のできる先輩や上司は次々にやめていった。本も雑誌も好きではない人間が、上に立っていばるので、やりにくいことこの上なかった。とにかく社長一族がいうのは、

「儲《もう》かる本を出せ」

それだけだった。

社内は殺伐としてきて、仕事を覚えるどころか、エリコの気持ちはすさんでいった。

あるとき「いつでもがんばるキャリアウーマン」という、どうしようもないおやじ雑誌

の企画の仕事で、大手の出版社が出している女性誌の編集長に取材に行った。年齢は四十八歳。あでやかでありながら、煙草《たばこ》も吸い、ハスキーな声で話す。きっちりと化粧をしてマニキュアは赤だ。エリコの勤めている会社には存在しないような女性であった。

(本当にこのような女性はいるのだ)

雑誌のグラビアでは見ていたが、現実に目の当たりにして、エリコはショックを受けた。就職をするとき、エリコも大手の出版社を受けたが、すべて落ちた。それで仕方なく今の会社に勤めた。試験に合格した人の人生は、自分とはまるで違うというような気がした。編集長は結婚しているが子供はなく、夫とは夫婦というよりも、友だちと同居している感じがすると語った。

取材が終わり、編集長が、

「あなたはどうして、今の会社に入ったの?」

とたずねてきた。エリコはついつい、自分の今の状態を話してしまった。誰にも話せずにいた社内のこと、仕事のこと、途中で歯止めがきかなくなってしまい、すさまじい勢いで話した。はっと気がついたときは、思いっきりぐちをぶちまけていたのである。

「ふーん、そうなの」

編集長はハスキーな声でつぶやきながら、煙草の灰を落とした。

「それは不毛ねえ」

「はい、そうなんです」

しばらく編集長は煙草を吸っていたが、

「これはあなたの力によるのだけど……」

と断ったあと、

「この取材原稿の出来がよければフリーランスのライターとして、仕事をまわしてあげることもできるわ」

といった。

「え、本当ですか」

エリコの顔は輝いた。あの会社にいるだけでうんざりしていて、正直いってやめたいと思っていた。しかし親元を離れていて生活の問題もあるし、いやいやながら働いていたのである。これがきっかけになって、会社もやめられるし、ライターの道を歩めるようになるのかもしれない。

「だから、それはあなたの実力次第よ。ゲラが出るのを楽しみに待っていますから」

そういって編集長は約束した時間きっかりに部屋を出ていった。エリコは突然の話に、ぼーっとしていた。

会社に帰る電車の中で、

「これが私の転機になるかもしれない」

と何度もつぶやいた。五年間我慢してきて、やっと巡ってきたチャンスだった。エリコはこんなに一生懸命に原稿を書いたことがないくらい、必死になって文章を書いた。読者などどうでもよく、ただ編集長に認められるようにと、何度も何度も書き直した。ゲラを送るときに、さりげなく自分をアピールする手紙を同封したのだが、あとでひどい自己嫌悪に襲われた。図々しいと思われるんじゃないかと後悔した。二、三日して、真っ赤になったゲラが送り返されてきた。自分が一生懸命に書いた原稿が、あんなにチェックを入れられて戻ってきたのははじめてのことだった。編集長からの手紙が同封されており、

「人に好かれようとして、褒めるばかりが能じゃありませんよ」

と書かれてあった。エリコは印象をよくしようと、編集長は素晴らしい女性であると書いた。それは正直な印象だったが、たしかに編集長が手を加えたほうが、はるかに文章がよくなっていた。

(これであの話はなしになったな)

そう思いながら、エリコはすぐに編集長に電話をかけ、

「お手数をおかけして、申し訳ありませんでした。たしかに私の書き方は客観的に人を見

ていませんでした」

と素直にあやまった。

「ああいうふうに褒めちぎられると、こそばゆくってね」

そういって編集長は笑った。そして、

「あなたの今後のことは、またあらためて話しましょう」

といって電話は切れた。

エリコはそれは社交辞令だと思って、諦《あきら》めていた。あんなに手をいれなければならない原稿を書く人間を、ライターとして雇うわけがない。

「あーあ、また、この会社で働かなくちゃならないのか」

次の取材の予定は、工務店を一代で築いたおじさんだった。乗り気がしないまま、仕事をこなしていると、編集長から電話がかかってきた。

「もしもあなたが本当にやる気があるのなら、ライターとして仕事を頼みたいのだけれど」

「はい、お願いします」

エリコはすぐに返事をした。

「とにかく決めるのは、詳しい話をしてからにしたほうがいいわよ」

編集長はてきぱきと待ち合わせのレストランを指定して、そこに来るようにといった。エリコはただ、

「はい」

と返事をするだけだった。

胸をどきどきさせながら、エリコがレストランに出向くと、すでに編集長が来ていて、ゲラに目を通していた。

「遅くなって申し訳ありません」

エリコが頭を下げると、編集長は腕時計をちらりと見た。

「遅刻してないわよ。私が早く来すぎたのよ」

緊張して座っているエリコの前で、彼女はてきぱきとワインを頼み、エリコの好みも聞きながら、料理を注文した。いったい何をいわれるのかと、体を小さくしていると、編集長は、

「仕事のことだけど、あなた、会社をやめられる？」

と聞いた。

「はい」

すぐにエリコは返事をした。

「でもフリーランスになると、働けば働くほど収入はあるけれど、仕事がなくなると当然だけど、収入は減るわねえ」

「はあ」

ちょっとエリコは考えた。すぐさま会社はやめたいけれど、収入のことを考えると、二の足を踏んだ。それまでもらっていた給料と同じ額を得られるかどうか、不安がつのった。

「失礼だけど、今のお給料はいくらぐらい？」

エリコがもらっている金額をいうと、

「なかなかしぶいわねえ」

といった。

「とにかく、フリーランスは、実力次第よ。嘱託のような形で仕事をお願いしている人もいるけれど、今のあなたにはそこまでの力があるかわからないな。ただ、センスは悪くないと思うの」

今はいやだいやだと思っていても、目をつぶって仕事をこなしていれば、お給料はもらえる。しかしフリーランスになったらそうはいかない。働かなければ収入は途絶えるのである。

「よく考えて返事をちょうだい」

編集長の言葉に、エリコはうなずいた。

エリコは会社をやめて、フリーランスのライターになった。頼りになるのはわずかばかりの貯金だけだった。郷里の両親には会社をやめたことは、しばらく黙っていようと思った。両親はエリコの仕事がどういうものかは詳しく知らないが、東京の出版社に勤めているのが自慢だったからである。会社に勤めているのが当たり前と思っている両親に、会社をやめてフリーランスになるなどといったら、びっくり仰天してしまうに違いないのだ。

いちばん最初に出社したときは、あまりの女性の多さにびっくりした。そしてみんな華やかだった。流行の服を着ている人もいない人もいたが、それなりにセンスがいい。ハイヒールを履いて取材に出かける女性たちもたくさんいる。エリコは自分がひどくみっともない格好をしているような気がして、顔を赤らめた。

「ちょっとみんな」

編集長が大声を出した。

「これから手伝ってくれる、ヤマオカエリコさん。よろしくね」

エリコは、

「よろしくお願いします」

と頭を下げた。男女とりまぜて、

「よろしくお願いしまーす」

という声が聞こえたかと思うと、みなすぐにちりぢりになり、それぞれの仕事に戻っていった。

とにかく仕事は忙しかった。今日は南、明日は西といった具合で、ライターとしていちばん新参者のエリコは、他の人が行きたがらない、遠方に住んでいる人の取材に行かされた。そこでのんびりできれば、気分転換になるのだろうが、ほとんど日帰りで、取材をしたらとんぼ返りがほとんどだった。忙しさのレールに乗って、とにかくスケジュールをこなしていき、参加してはじめての雑誌ができた。自分の名前は載っていなかったが、

「何とかやれた」

とほっとした。後日、自分の口座に振り込まれたギャラは、これまでの給料の二倍だった。たしかに楽ではないが、あのうっとうしい会社に勤めているよりは、はるかにましだった。

それからエリコは、どんな仕事の内容であっても不満をいわずに、黙々と取材をした。ただホストクラブの潜入ルポというのは、ちょっと困ってしまったが、それもまた貴重な経験だと自分にいいきかせた。フリーになって一年後、クラス会で再会した高校のときの同級生と結婚もした。このとき両親に会社をやめていたことを話したが、結婚もしたこと

だしと、彼らは特に何もいわなかった。彼はコンピュータ関係の仕事をしており、会社から帰ると家でずーっとパソコンをいじっているし、休みの日もパソコンの前から離れないので、エリコが留守がちでも特に問題はなかった。彼のほうも独身時代とかわらないような生活ができて、エリコのほうも宅配便などの受け取りをしてくれる人ができて、お互いに好都合だった。

仕事もプライベートも順調だった矢先、突然、編集長が畑違いの単行本の校閲部に異動になった。編集部内にはすでに編集長の姿はなく、副編集長が編集長に昇格していた。編集長は自分をこの仕事へと導いてくれた人だったので、エリコは少なからずショックを受けた。

「どうして急に、こんなことになったんですか」

エリコに仕事を指示する立場の女性編集者に聞くと、彼女は、

「あら、あなた知らなかったの？」

と小声でいった。

「何がですか」

「編集長、社長とずっとできてたのよ。それがばれちゃったみたいよ」

「ええっ」

社長というのは六十代後半のじいさんである。目がぎらっとしているところが、普通のじいさんとは違うかなとは思うが、小柄で肌や頭髪が、ひからびた感じの人だ。一方、編集長といえばいつまでも華やかで女っぽく、

「うちのダーリン」

といいながら、デスクの上にもハンサムなご主人の写真を、フォトスタンドにいれていくつも飾っていたくらいだった。

「へえ、そうだったんですか……」

「そうなの。とうとうばれちゃったらしいの。社長もひっこみがつかなくなったんじゃない。週刊誌にも感づかれたらしいし」

「はあ」

意外な出来事にエリコはぼんやりしていたが、すぐに、

(私はどうなるのかしら)

と心配になってきた。

「あのう、私は……」

最初、編集者はぽかんとしていたが、エリコの心中を察したらしく、

「きっと大丈夫よ。クビになることはないわよ」

といってくれた。

「そうですか」

いちおうはほっとしたが、心から安心できるわけではなかった。
二、三日して、元編集長から手紙が来た。不本意な人事であるが受け入れるということ、エリコに対しては心配しないようにという内容だった。エリコは夫に、この話をした。すると彼は、パソコンの画面から目を離さず、
「ふーん、きみの仕事って不安定なんだねえ」

とぼそっといった。エリコが黙っていると、

「そういうのって嫌じゃない？　自分のことじゃなくて、他人のことで自分の立場があぶなくなる仕事なんて」

という。

「でも基本的に信頼関係があるから、ひどいことはしないと思うけど……」

しばらく彼はキーを叩《たた》いたあと、

「甘いなあ。不況になってまっさきに切られるのはフリーの人間なんだぜ。わかってる？　フリーを残して社員をクビにするなんて、考えられないだろ」

「それはそうだけど」

「きみの好きな仕事なんだし、好きなようにすればいいけど、いつ何があるかわからないって思ってたほうがいいぞ」

画面を見続けている彼の背中を見ながら、エリコは何もいえなかった。仕事をはじめるときに契約書を交わしたわけでもない。とにかく自分の身に何も起こりませんようにと祈るだけだった。

副編集長が昇格したあとも、彼はエリコをクビにすることもなく、原稿を書かせてくれた。ページのすみに小さく名前も載るようになった。ところがまたもや人事異動があり、編集長が、サラリーマンが大多数の読者である週刊誌に異動することになった。エリコに指示をしてくれた編集者も単行本の出版部へと異動した。

「きみ、どうする？ ここに残ってもいいし、僕と一緒に週刊誌に来てもいいんだけど」

話によると次の編集長に決まった男性は現編集長と仲が悪く、大々的なリニューアルを目論《もくろ》んでいるという話だった。今の仕事にも慣れてきたし不満はなかったが、エリコは不安が先に立ち、

「週刊誌のほうで仕事をします」

といってしまった。夫に異動の話をしても、

「ふーん」

と興味がなさそうに返事をしただけだった。

週刊誌は男性が多い編集部だった。これまでは誌面で紹介する化粧品や女性の身の回りの物が編集部内にあふれかえっていたのに、そんなものは何もない。育毛剤とかゴルフ用品とか、強壮剤のサンプルなどが転がっていた。何日も会社に寝泊まりし、風呂に入っていない男性がごろごろいた。着る物に気をつけるもへったくれもないような編集部だった。

しかし仕事はさらにハードだった。もたもたしていると、

「ちょっと、あれ、いつ原稿ができるの。あんなのに三日もかけてたらしょうがないじゃないか」

と怒鳴られる。そのたびにエリコは、

「すみません」

とあやまりながら、編集部に詰めて原稿を書き上げた。それでも、

「こんなの、だめ」

と何度も書き直しをさせられ、しまいには、

「もう、いい」

とひったくられて、編集者が書き直した原稿が掲載されたこともあった。

あるときは大きな舞台を控えているという、年配の役者のところへ取材に行くことにな

った。電話では話がちゃんとできないので、取材に来て欲しいという。当日、エリコは風邪《かぜ》をひいて体調はとても悪かったのだが、彼がせりふを覚えるために籠《こ》もっているという山荘に、片道二時間以上かけて向かった。だんだん熱っぽくなってきた体で山荘に行くと、彼が面倒を見ている若い役者や、事務所の人々が十数人で生活をしていた。そしてエリコが鼻をぐずぐずさせているのを見て、マネージャーが、

「ちょっとあんた、もしも先生に風邪がうつったらどうするの。大事な舞台を控えているっていうのに。何を考えているんだよ」

と露骨にいやな顔をした。

「すみません」

そういったとたんにくしゃみが出て、鼻水が垂れてきそうになる。

「ここで待ってて」

エリコはだだっ広い稽古場《けいこば》の隅でずーっと待たされた。しばらくしてマネージャーが本を抱えて姿を現した。

「あのね、先生もね、風邪をひいたら困るっておっしゃってるから、インタビューはこれを読んで適当に書いて」

そしてぼーっとしているエリコの手に、五冊の本を落とすように置いた。

「あの、でも、舞台のお話を……」

「それはねえ、これを見て」

本の上に載せられたのは、舞台のパンフレットとチラシの下書きのようなものだった。

「何かわからないことがあったら電話して。あ、それと書いた原稿はちゃんと見せてよ。おたくらマスコミは、好き勝手に書くことがあるからさ」

エリコはテープレコーダーとノートが入ったショルダーバッグに本を入れ、

「どうも申し訳ありませんでした」

と頭を下げて外に出た。携帯電話で編集部に電話をすると、担当編集者から、

「ばかじゃないか、お前」

と怒られた。

「こんなときに風邪をひくのもばかだし、そこで引き下がるのもばかだ」

確かにその通りなのだが、いったいどうしていいやらわからない。ともかく電話でも体調の悪さを感じとった編集者は、

「いいよ、とにかく編集部に来て」

ときつい口調でいって、電話を切った。

エリコはよれよれになって編集部にたどりついた。彼女の姿を見て文句がいえなくなっ

た編集者は、

「あーあー、もう」

といいながら髪の毛をかきむしった。エリコは鼻を詰まらせ、涙目になって、

「すびばせん」

と頭を下げるしかない。

「わかった、じゃあ、資料をちょうだい。あとはこっちで何とかするから。きみはとにかく家に帰って休みなさい」

エリコはもう一度、

「すびばせん」

といって家に帰った。

会社から帰って来た夫は、ベッドで寝ているエリコを見て、

「よりによって。運が悪いなあ」

としみじみといった。

「ほんと、最悪」

仕事がちゃんとできなかったという後悔もあるにはあったが、それよりも風邪をひいたこの状態のほうがずっとエリコには辛いことだった。一日、二日、三日とただただ寝るだ

けだった。夫がレトルトを温めるだけではあるが、おかゆを作ってくれたのは助かった。四日目、ベッドに寝ながら、自分は仕事には向いていないのではないかと考えた。もしかしたら帰れといわれたときも、

「絶対にうつしませんから、取材をさせて下さい」

と食い下がるべきだったのかもしれない。しかし食い下がるパワーなどなかった。とにかく体中がぐんにゃりしてしまって、力など出なかったのだ。

「しょうがないじゃない。どんな人だって体調が悪いことがあるんだからさ。プロレスラーだって、横綱だって風邪はひくよ。でもさあ、もしかしたらこれで仕事がなくなっちゃうかもしれないねえ」

夫はのんびりといった。そうかもしれない。いざというときに役に立たないフリーランスのライターなんて、雇う必要なんかないではないか。エリコの頭の中には、今までにやってしまったチョンボが次々に浮かんできた。

「ああっ、これまでにもたくさんやってしまった……」

自分がやるはずだった取材が、その後どうなったかはわからない。とてもじゃないけど自分の口から、

「どうなりましたか」

と電話をする気力はなかった。

風邪はやっと治ったが、気は重かった。迷惑をかけたので、何も連絡しないわけにはいかないが、

「きみはもう来なくていいよ」

といわれるのではないかと心配でならなかった。

「ねえ、もしもクビになったら、私のことを養ってくれる?」

出勤しようとしている夫に聞いてみた。すると彼は、

「そうだなあ」

とつぶやいたあと、

「ま、考えとくわ」

といって家を出ていった。

エリコはおそるおそる編集部に電話をかけた。

「今ごろ何だ」

と怒られるかと思ったら、

「どう、体の具合は」

といたわってくれた。

「本当にご迷惑をおかけしました。おかげさまでもう大丈夫です」

「完璧《かんぺき》？」

「はい、完璧です」

「そう、じゃ、すぐ来てよ。やってもらいたいことがあるんだ」

エリコはすぐに家を出た。編集部に行くと、

「風邪ひいてたんだって」

「平気？」

とみんなが声をかけてくれた。エリコはぺこぺこと頭を下げながら、みんなにあやまった。それでもまだ、自分ができなかった取材のことを聞くことはできなかった。

「きみさ、前の編集部でホストクラブに行ったことがあったよね」

「はい」

「今度さ、『風俗嬢、いいたい放題』っていうページを作るんだけど、それ、やってくれないかな」

「あ、はい」

「男もいいんだけどさ、女性同士で軽く話をするっていう感じがいいと思うんだけど」

「あ、はい」

「頼むよ。じゃ、これ、いちおう目を通しておいて」

そういって渡されたのは、風俗店の情報誌だった。

(まさかこのような仕事が、自分にまわってくるとは)

でもやらなければならない。乳や尻を丸出しにして、にっこり笑っているかわいい女の子の写真を見ながら、エリコは、

「仕事、仕事」

とつぶやいた。そして編集者が決めた店に電話をして、取材に行く。普通の女性だったらば、一生足を踏み入れないような場所だ。そこでの彼女たちの話はエリコを十分に仰天させ、

(そんなことまでするのか)

と唖然《あぜん》とさせた。びっくりしながら書いた原稿は、どういうわけだか評判がよかった。

「きみ、この分野、向いてるよ。いいじゃない。どう、これから『エリコの風俗探検』っていうのにしたら」

編集部内は盛り上がっていた。エリコは「困ります」ともいえず、胸を張って「やります」ともいえず、当惑しながら、

「いえ、あの、そんな……」

といちおうクビにならなかったことにほっとしながら、次のソープランドに取材依頼の電話をかけたのだった。

やっぱりみんなに嫌われる

女優　チユキの場合

「こんなことやってて、売れるわけがないじゃん」

女優マツイチユキは鼻でせせら笑いながら、自室マンションのソファに座り、赤ワインを飲みながら、テレビ画面に見入っていた。高層マンションの三十五階の部屋は、最近、貯金の一部を崩し、叩《たた》いて買ったものだった。

「あのマンション、知ってますよ。大人気ですからね。ずいぶん高かったでしょ」

業界の人に聞かれると、彼女は、

「そうねえ、でもうちは二億ちょっとよ」

と答えた。すると相手はみな、

「へえ」

といって目を丸くする。実は一億ちょっとだったのだが、チユキはお金のことになると、大風呂敷を広げてしまうのであった。

ゴールデンタイムのドラマには、人気のある若い俳優、女優がまるで各局繰りまわしのように出演している。

「この子もあと一年ってところね……」

彼女は画面で大アップになった、ナミという名前の女優を見ながらいった。ナミはモデル出身で、優しく感じがいいという印象で、同性に人気があった。しかしチユキは彼女がそれとは反対の性格であることを、よく知っていた。

「何やってんのよ！」

と裏で付き人を、甲高い声で罵《ののし》っていたり、空港で航空会社のスタッフに対して、同じように甲高い声で、

「何やってんのよ！」

と怒鳴っているのを目撃したこともあった。洋服のセンスは悪いが、スタイルがよく人目をひくので、周囲の人々も、それがナミとわかっていた。彼らの注目のなかで甲高い声で怒鳴りつけたのである。もちろんみんなは、その姿を見てびびった。

「あの人、あんなふうに怒鳴るのね」

とおばさんたちは耳打ちし合っていた。チユキはサングラスをかけてそれを見ながら、

（本当にばかねえ）

とほくそ笑んだ。テレビに出ている人間は、いつも人の目に晒《さら》されている。特にナミは今、注目の女優だ。それなのに人前であんなことをしたら、いったいどうなるか、ちょっと考えてみればわかるはずだ。

（トラブルがあったとしても、うまーくテクニックをつかって、自分の思い通りにするのが女優じゃないの。一般人の前で本性をさらけ出したら、どんな噂《うわさ》が立つかわかりゃしない）

ナミが出てきたとき、ちょっと気になったチユキではあったが、空港での一件で、自分のライバルにするようなタマじゃないとわかったときから、全く関心がなくなった。

「あんたたち、ここ一、二年っていうことを、よーくわかっといたほうがいいわよ」

ワインがまわってきたチユキは、とろーんとした目で画面をにらみつけた。

チユキは営業用の年齢は三十八歳だが、戸籍上の年齢は四十三歳である。高校生のときにデビューしたが、父親が名家の出であることと、本人が外国に留学していたということで、当時はとても珍しがられ、たたき上げではない知性派の若手女優としてもてはやされもした。洗練されたセンスというのも売りのひとつだった。まず映画の個性的な役柄で人気を得、次にテレビでも重要な役を演じ、

「マツイチユキでなければ」

といわせたものだった。彼女の演技は、文化人のおじさんたちに人気があり、大学教授などがこぞって彼女の演技論などを書いたりして、ある一時代を築いたといってもいい。またそういったおやじたちが、彼女に対談を申し込んでも、気に入らないと、

「あたし、帰る」

といって帰ってしまう。それがまた彼女らしいということで、チユキの人気が出る原因にもなっていた。

営業用年齢二十八歳のときには詩の本も出した。そこいらの女優と違うというところを、見せつけたかったからである。日本全国、あちらこちらからサイン会の依頼がきた。そのとき所属していた事務所が、日本縦断といいたくなるような、サイン会のスケジュールを組んだのを知ったチユキは激怒して、社長にかみついた。

「どうして私が、こんなことをしなきゃならないの」

ギャラもたいしたことはなく、チユキはますます頭にきて、

「あたしを誰だと思ってんの？　マツイチユキよ。あたしが田舎町《いなかまち》の書店のサイン会なんかに行けると思ってるわけ？」

事務所のドル箱だったチユキに対して、社長はおずおずと、

「いや、あの、地方の人にも、マツイチユキと会って、握手できる機会を設けたら、盛り上がるし宣伝にもなると思って……」

といった。

「ふざけないでよ。どうして田舎のおじいちゃんやおばあちゃんたちと、握手しなきゃな

らないのよ」

「そういうわけではなくて……」

「いやったら、いやよ。こんな仕事をするくらいなら、事務所をやめるから」

チユキの剣幕に押されて、社長はスケジュールを変更せざるを得なくなり、サイン会は東京だけで行われることになった。ところがチユキは、自分に与えられた控え室がただの事務室で、花のひとつも飾ってないことと、ぱさついたサンドイッチが紙皿の上に載っていたことで、へそを曲げた。

「あんたたちがちゃんとしないから、こういうことになるんじゃないの」

マネージャーを怒鳴りつけた。書店のほうの対応が悪いからなのだが、そうすると自分のイメージが悪くなる。だから身内に責任をすべて覆い被《かぶ》せたのである。

「帰る」

あわてた付き人が近くのデパートに走って、有名店のサンドイッチとケーキを準備しなおした。書店側もどうしたらいいものかと、おろおろとするばかりである。

「至らなくて、申し訳ありません」

頭を下げる書店員に対して、チユキは、

「こういうことはすべてうちのほうが事前にチェックしなければいけないことなんですよ。

いいのいいの。これはうちの問題」

といった。

裏のごたごたはともかく、サイン会は大盛況だった。

「ほら、ごらんなさい。私が来るっていったら、これだけの人が集まるのよ」

控え室でチユキは、途中から様子を見に来た社長に向かって、勝ち誇ったようにいった。

「こんな私が安いギャラで、田舎に行く必要なんかないじゃない。私のこと、安売りしないでちょうだいよ」

ドアがノックされ、おびえた表情が直らない書店の担当者が、

「あのう、お知り合いという方が見えていますが」

といって姿を見せた。

チユキは腹の中で、

(面倒臭いことになった)

と舌打ちしたが、

「あーら、どなたかしら」

とにこやかにいった。

「ササガワさんとおっしゃっていますが」

「ササガワさん？」

「中学のときの同級生だそうです」

チユキはぎょっとした。年齢をごまかしているので、同級生にはいちばん会いたくないのである。ところが書店員の背後から、

「チユキちゃーん」

となれなれしくいいながら、赤ん坊を抱っこした一人の女性が手を振った。

「あ、まあ、どうぞ」

チユキが椅子《いす》に座ると、ササガワさんがうれしそうに中に入ってきた。書店員も部屋の隅に座っている。

「どうも、お久しぶりです。すばらしいご活躍で何よりです。同級生もみんな、自分のことのように喜んでいるのよ」

ササガワさんは、何度も何度もお辞儀をした。

「まあ、ありがとう。かわいい赤ちゃんねえ。いい子で寝てるわ」

にこやかに会釈を返しながら、チユキは、

(早く帰ってくれればいいのに)

と思っていた。ササガワさんは無邪気に、

「今日はね、同級生を誘ってみんなで来たかったんだけど、いろいろと忙しいみたいで。私が代表して来たの」

　とうれしそうにしていた。チユキは同級生が徒党を組んで来なくて、本当によかったとほっとした。

「ほら、ミエコさん、覚えてるでしょ。保健委員の……」

　ササガワさんは同級生の消息を話し始めた。

「あれは何年だったかしらねえ、ほら、修学旅行のとき。えーと、何年だったかしら……」

　チユキは顔ではにこやかに笑いながら、だんだん腹が立ってきた。

（この人、何しにきたの。同級生がどういうふうになったからって、私には関係ないわ。おまけに何年に何があったとかいったりして。これはとっとと帰さなければ）

　ササガワさんがチユキに彼らの消息を教えようと一生懸命になって話をしている最中に、チユキは、

「ねえ、次のスケジュールはどうなってるの」

　とマネージャーにたずねた。ササガワさんははっとして黙った。

「たしか、スタジオ入りだったわよね。そうよね」

本当は二時間後にスタジオに入ればよかったのだが、チユキの様子を察したマネージャーは、

「え、あ、はい、そうです」

と小さな声でうなずいた。

「ごめんなさい。ちょっと時間が押してるの。せっかく来ていただいたのに。みなさんにどうぞよろしくね」

チユキは立ち上がってササガワさんに握手を求めた。彼女は、

「あ、忙しいのにごめんなさい。久しぶりにあなたに会えると思って」

といいながら、また何度も頭を下げた。

「さようなら」

チユキは手を振って彼女を見送り、書店員に連れられた彼女が姿を消すと、

「あーあ、鬱陶《うつとう》しい」

とつぶやいて、ぬるくなったコーヒーをぐいっと飲んだ。

「ああいう人を入れさせないでよ。思い出話につき合わされるのは迷惑なのよ。どうしてチェックを甘くするのよ」

チユキはマネージャーを叱《しか》った。

「すみません」

彼は頭を下げた。

「この人だめ。替えて」

チユキは社長にそう告げて、そのマネージャーは即刻担当からはずされた。

それからチユキはマネージャーが気に入らないといって三人交代させた。そして金にシビアな彼女は事務所のマネージメント料のパーセンテージに文句をつけて、事務所をやめてしまい、営業用年齢三十歳のときに個人事務所を作った。一人で何もかもやるわけにはいかないので募集をし、付き人兼運転手を雇ったが、チユキは給料十万円で、朝から晩まで奴隷のように彼らをこき使った。

「文句があるなら、やめれば」

それがチユキの口癖で、その通り、彼らは次々にやめていき、それ以来、チユキはギャラの交渉も自分でやり、車の運転をして現場に行くことになった。しかしそのほうが彼女にとっては都合がよかった。ギャラのことでも、

「マツイチユキにその程度の金額で出ろっていうの」

と文句をつけると、相手はどうしても彼女に出てもらいたいから、彼女のいい値に近いギャランティを提示してくる。雇う人がいないと当然のことだが経費はいらない。税務関

係は父親の会社の税理士に頼み、あとのことは全部自分でやってきた。

女優、俳優にもはやりすたりがある。チユキのときは演技力が重視されたが、今はそうではない。

「ふん、あのモデル上がりが……」

チユキはテレビを見ながら、憎々しげにつぶやくことが多くなった。チユキは劇団にも所属してそれなりに演技の勉強をしてきたつもりだった。ところが最近は女性誌のグラビアを飾っていたモデルたちが、女優になっていくのだ。

「この子、私服のときはものすごくダサイのよね。それなのに雑誌には、スタイリストに集めてもらった、偽のワードローブなんかを撮影させてるんだから。たまったもんじゃないわ」

こいつはこんなことをやっていると、暴露してやりたい気分だった。

チユキの仕事は減っていた。映画のギャランティは安いし、テレビでもたまにしかお声がかからなくなった。ゲストという形では出るが、主演クラスの扱いは、二年に一度くらいしかない。そうなると出演料の単価を上げて、何とか収入は確保しているが、モデル上がりが活躍しているのをみると、とても悔しくなった。ある日、久々にテレビドラマの主演の仕事があり、ジョルジオ・アルマーニを着て、打ち合わせのためにホテルへと出向い

た。喫茶室の隅の席に座って、煙草《たばこ》を吸いながら手帖を眺めていると、周囲の人々の、

「あら、ほら、マツイチユキよ」

「きれいねえ」

「本当。実物のほうがずっといいわ」

というささやきが聞こえてきた。それをまるで心地よい音楽のように聞きながら、チユキはうれしくてたまらなくなった。きっかりと時間通りにスタッフがやってきた。プロデューサーはきちんとした服装をしていたが、くっついてきたスタッフは、

「それでよくホテルの中に入れたわね」

といいたくなるような格好だった。きちんとした格好をしている彼のほうだって、センスがいいとはいえない。テレビ局、特に男性にはセンスがいい人などいないといったほうがいい。チユキは相手がお洒落《しゃれ》をしてきただけでうれしくなるが、こんな奴《やつ》らのために真紅のジャガーに乗ってアルマーニを着て出てきたのかと思うと、虚《むな》しくなった。しかしこのアルマーニのスーツも、スタイリストにしつこく食い下がって、半値以下で手に入れた物だった。

　彼らはキャスティングの話をしはじめた。

「チユキさんの妹役は、トウゴウマミコさんでいきます」

「トウゴウマミコ？　それはないでしょう」

　チユキはマミコが大嫌いだった。チユキよりも少し年下だったが、チユキとおじさんのファン層が一致していた。チユキが今風の活動的なタイプだとしたら、マミコのほうははかなげな昔風のタイプで、おじさんがよろよろとからめとられてしまうような雰囲気を持っていた。結婚生活がとてもうまくいっていることも、面白くなかった。

「あの人、結婚してから仕事なんてほとんどしていないじゃない。できるの？　この本、けっこう大変なんじゃない？　これ、けっこう、おいしい役なのよね。波乱の人生でさ。これじゃあ姉役っていったって、私がかすんじゃいそうだわ」

　チユキはそういって、ふふんと笑ったが、こめかみには青筋が立った。

「いえ、そんなことはないですよ。これは姉役がとても重要なんです。やはりこれはマツイさんじゃないと……」

「あーら、そう」

　チユキはにやりと笑った。

　スケジュールの話をしていると、ひどい格好をした男が、

「トウゴウさんは撮影があって……」

　とプロデューサーに話していた。

「撮影って何？」

チユキには関係ないが、彼女がどういう仕事をしているのか、知りたくて仕方がない。

「雑誌の表紙だそうです」

「表紙？」

あの地味でださい女が表紙になるなんて、編集者はいったいどこに目をつけているんだろうかと、チユキは呆《あき》れた。そして同時に、しばらく雑誌の表紙になっていなかったことを思いだし、むくむくと嫉妬《しっと》心《しん》がわきあがってきた。

「それ、何の雑誌？」

男は簡単に出版社の名前を出した。それはチユキが詩の本を出した出版社だった。

（ふざけてる。どうして私に依頼してこないのよ）

チユキがむっとしているのにも気がつかず、彼らは二人であぁだこうだとスケジュールを調整し、

「次の打ち合わせなんですけど、そのときには局のほうに来ていただけますか」

といった。

「行くわよ」

チユキは不機嫌にいい放った。そして、

「ところで、あの件はよろしくね。約束守ってねぎらないでよ」

とギャラの念を押してホテルを出た。もちろんお茶代は払わない。そして車の中で、出版社に電話をし、今は偉くなっているはずの、詩の本のかつての担当者を呼び出した。

「今度、雑誌を出すんですって」

「そうです。よくご存じですね」

「私が知らないことなんてないわよ。今の情報には敏感なんだから。で、表紙はトウゴウマミコさんなんでしょ」

「そうですよ」

「あの人、表紙には向かないわよ。センス悪すぎない？」

「そうですかねえ。ぼくは悪いとは思わないけど」

「男はあての女が好きなのよ。でもあれはだめよ。貧乏くさくなるわよ。おまけに新雑誌でしょ。どうして私に連絡してこないのよ」

「え、ああ、たしかに。たしかにそうですねえ、ええ、ええ」

彼は急に早口になり、当惑していた。

「何かあったら、よろしくね」

思わせぶりにそういって、チユキは電話を切った。

かつての担当者があわてて新雑誌編集部に連絡したのか、チユキに香港《ホンコン》の取材の仕事の依頼がきた。

「そうねえ、どうしようかしら。二泊三日だからっていっても、やるんだったら、やっぱりホテルはちゃんとしたところで、スイートじゃないと嫌よ」

打ち合わせにやってきた相手の女性編集者は、一瞬、言葉を失っていたが、

「わかりました。できるだけそうするようにします」

と答えた。取材の詳細のプリントを見せられても、チユキはそれにいちいち文句をつけた。

「私が市場に行くの？　きれいな格好なんてできないじゃない。そんな仕事はトウゴウマミコみたいな人にまかせてさ、やっぱり私が出る以上、宝石店めぐりをして、ブランド品を見て、夜は福臨門《ふくりんもん》で食事っていうのがすじでしょう。若い子の香港旅行と違うんだから」

編集者は明らかに動揺していた。

「あのう、福臨門は昼の飲茶《ヤムチャ》ではいけませんか」

と切なそうに訴えたが、チユキは、

「だめ！」

といった。すると彼女は小さな声で、

「わかりました」

とチユキのいったことを承諾した。

チユキはすぐにスタイリストに電話をし、香港旅行に行くから、一緒に付いてくるようにといった。しかし彼女は仕事が詰まっていて、どうしても行けないということで、アシスタントのチカが同行することになった。

「よしよし、これで付き人も調達できた」

チユキはただで行けて、楽しい香港旅行に胸がふくらんできた。自分の腹が痛まないとなると、とってもうれしいのであった。

成田空港で、すでに編集者はぐったりしていた。しかしそんなことはチユキには関係ない。

「チカちゃん、煙草買ってきて」

と買いに行かせ、金は払わない。困った顔をして立ちつくしている彼女に向かって、チユキは、

「事務所の経費で落ちるでしょ」

とひとことといい放った。チカは何もいわず、黙ってその場を去った。香港でもチユキは

やりたい放題だった。到着してすぐホテルに着き、ベッドを見たとたんにやる気がなくなり、

「今日はやめる」

といった。編集者の顔はますます蒼《あお》くなった。

「スケジュールが決まっていますから……」

「うーん、でも、あたし、体調が悪いのよ。食事はルームサービスを頼むわ」

編集者は黙った。

「それでは明日、十時によろしくお願いいたします」

彼女は帰っていった。チユキはベッドの上にどでーっとひっくり返り、

「はーっ」

とため息をついた。そしておもむろに起きて、チカの部屋に電話をした。

「ちょっと来てくれない」

彼女はすぐやってきた。

「何でしょうか」

「マニキュア、塗ってくれない」

チユキは化粧ポーチの中から深いボルドー色の瓶を取り出した。

「でも、それは明日、ヘアメイクの方が……」

「ほら、今日さ、私こういうことになっちゃったでしょ。明日少しでもみんなを楽にさせようと思ってるのよ。マニキュアが乾くまで待っている時間も、惜しいじゃない」

チカは首をかしげていたが、チユキがぐいっと目の前に手を差し出すので、仕方なくマニキュアを塗りはじめた。手だけかと思ったら、チユキは靴下も脱ぎ、

「はい」

と足を差し出した。チカは女王様に傅《かしず》く奴隷みたいにひざまずいて、ペディキュアを塗った。

「はい、ご苦労さん」

用事が終わると、チカはさっさと追い出された。

翌朝、ヘアメイクの男性が、チユキの部屋を訪れた。チカが用意したその日に着る服を見ながら、それに合うようにメイクをしていく。

「マニキュアの色、替えましょうか」

服の色を確認して男性はいった。

「そうね。そのほうがいいわ」

チユキはメイクのアシスタントの女性に手を預けて、昨日、チカが塗ったマニキュアを

落としてもらい、新たにパールの強い、水色のマニキュアに塗り替えてもらっていた。驚いたチカの視線にも、チユキは平然としていた。

有名宝飾店に行ってみたら、チユキがとても気に入ったエメラルドの指輪があった。

「きれいねえ。ふーん」

値段を見てチユキはため息をついた。指輪を見ているところをカメラマンが写真に撮る。撮影が一段落しても、チユキは指輪をずっと手にしていた。

「さすがにいいですよね」

担当編集者が正直にいうと、チユキは、

「ねえ、これ、手配できる？」

と聞いた。

「は？」

編集者は何をいわれたかわからず、きょとんとしていた。これまでチユキは、これでたくさんの品物をもらってきた。テレビ局の珍しくお洒落な男性が、カシミヤよりももっと高価で希少価値のあるマフラーをしているのを見て欲しくなり、

「同じ物、手配できる？」

としつこく聞いて、自分の物にしてしまった。デザインが変わった時計も、カメラも、

目についた物はみんなそうやって、チユキの物になった。そしてそれを自分がみつけたといって見せびらかすのだ。業界の人間は、彼女の「手配できる？」イコール「ちょうだい」だということは知っていたが、編集者はそんなことは全く知らない。チユキは、

「手配できる？」

ともう一度いってみたが、編集者は相変わらず目をまん丸くしているだけでらちがあかず、心の中で、ちぇっと舌打ちして指輪を元に戻した。

福臨門酒家での食事が取材と打ち上げの最後の仕上げになった。チユキ、編集者、ヘアメイクとカメラマンとそれぞれのアシスタント、チカの総勢七人が、円卓に集まった。チユキはとっても楽しかったが、編集者は食欲がなさそうで、みんなに話を合わせて明るくふるまってはいたが、ふと会話が途切れると、目の前にずらっと並んだ料理に目をやっては、ため息をついていた。もちろんそんなことにはおかまいなしに、チユキは紹興酒をどんどん頼んで上機嫌になっていた。そして東京に戻る日、街でふとみかけた小さな簞笥《たんす》が欲しくなり、チユキはその場で買ってしまった。船便で送るかとたずねた店主に、チユキは送料がいくらになるのかと聞いた。返事を聞くと彼女はチカのほうを向き、

「これ、手持ちで持っていって」

といい、荷物をチカに押しつけた。それを見たカメラマンのアシスタントの男性が手を

貸してくれて、その箪笥はチユキと一緒の飛行機で東京に運ばれることになったのである。

東京に戻り、三十五階の部屋から夜景を見ていると、自分の顔がガラスに映った。光の具合か、目の下のクマが目立つ。びっくりして立つ位置を変えると、今度は目がはれぼったく見える。このごろ髪の毛の艶《つや》もなくなってきた。

「ふーむ」

チユキは首をぐるぐると回したあと、ぱんぱんと両手でほっぺたを叩いた。テレビをつけると、モデル上がりの女優が束になって出演している。

「へたくそ」

チユキはしばらく画面を見ていたが、力一杯、リモコンのボタンを押して、電源を切った。

二日後、テレビ局の二回目の打ち合わせがあった。チユキはプロデューサーと香港旅行の話をしていた。

「もう、最高だったの。エメラルドの指輪も安かったから、買っちゃったの」

「それって、いくらぐらいの物ですか」

「たいしたことないのよ。三百万くらいかな」

「へえ」

「それにね、福臨門で打ち上げだったんだけど、私、初日に体調を悪くして取材ができなかったからご馳走《ちそう》したのよ。天下のマツイチユキがそれくらいしないと、女がすたるじゃない」

「何人くらいで行ったんですか」

「そうねえ、何だかんだで二十人はいたかな。いちばんいいコースをみんなで食べたの。福臨門よ。いくらかかったか想像つくでしょ。みんな盛り上がっちゃってさあ、とっても楽しかったわ」

チユキのなかではそれは嘘《うそ》ではなく本当のことなのだ。

「ぼくも一緒に行きたかったな」

「今度一緒に行きましょ」

プロデューサーにそういわれて、チユキはますます上機嫌になり、スタイリストのアシスタントに、気に入った箪笥を買ってやった、編集者にも記念に高価な時計を買ってやったと自慢をした。

「すごいなあ。さすが、チユキさんは太っ腹ですねえ」

「あったり前じゃない。私がやらなくてどうするのっていう感じ」

得意気に煙草の煙を吐く姿を、プロデューサーが憐《あわ》れみのまなざしで見ていることを、チユキは全く気がついていなかった。

けっきょくマジメは損をする？

エステティシャン　タマエの場合

タマエは高校を卒業してから、あるエステティックサロンに就職し、いろいろと勉強しなければと、働きながら美容や東洋医学の学校にも通っていた。そういうことをしているのは、店ではタマエ一人で、あとの社員の女性たちは、デートをしたり買い物をしたりと、気ままに毎日を過ごしていた。その店では、はじめて来た客には会員になるように勧誘しろといわれていた。一年間有効で割安にはなっているのだが、それは店にとっても客を引きとめる効果があり、とにかく会員として勧誘するようにと、上司からしつこくいわれていた。契約が成立すると、ほんの少しではあるが、タマエたちには歩合が入る。なかには熱心に勧誘をする同僚もいたが、どうもタマエはそういうシステムになじめなかったのである。

あるとき彼女は年配の女性に施術をした。術後、タマエは上司に指示された通りに、彼女を勧誘した。彼女は主婦ということになっていたので、タマエは全くそれに対して疑いを持たなかった。しかし雰囲気や身につけているものがあか抜けていて、ふだんその店に来る客とは少し違った感じの女性だった。彼女は、

「もう一度、あなたにやってもらってから決めるわ」

といい、次回の予約をして帰っていった。次にやってきたとき、彼女は勧誘をしたタマエに、

「実はあなたに相談したいことがあるの。あなたのところに電話をしてもいいかしら」

といって名刺を渡した。タマエはその名刺を見て驚いた。大手の化粧品会社の役員として、彼女の名前が書いてあったからだった。

「いえ、あの、それは……」

「それがまずいんだったら、私のところに電話をもらえないかしら。お店には内緒よ。必ず、必ず、電話を下さい」

もちろん勧誘などできなかった。そんなタマエに対して、何も知らない上司は、

「きみ、おとなしいからなあ。お客に『結構です』なんていわれると、黙って引き下がっちゃうんだろう。ミキちゃんに教えてもらったほうがいいねえ」

と呆《あき》れ顔でいった。それを横で聞いていた、勧誘のテクニックは抜群といわれている後輩のミキは、

「へへへ」

とうれしそうに笑っていた。

今、勤めている店に不満はなかったが、タマエは翌日の昼休みに、名刺の電話番号に電

話をかけた。大手の化粧品会社の名前にひかれたのがその理由である。入れ替わり立ち替わり、取次の女性が出てきて、タマエはどきどきしてきた。

「ありがとう、お電話下さったのね」

役員の彼女はとても喜んで、一緒に食事をしながら話をしたいといった。タマエは彼女に押し切られるように、その日の夜に会う約束をした。そこには身なりのいい男性が同席していた。

和食を食べながら、彼らは新しくエステティックサロンを経営する計画があること、今、腕のいいエステティシャンに声をかけていること、そこにタマエに来て欲しいということを話した。

「失礼だけど、今のお給料はおいくらくらい?」

正直に額をいうと、男性が、

「安いね」

とつぶやいた。

「だいたいそうなんですよ。安いお給料でみんな働かされてるの」

役員の女性が男性にいった。

「私たちは今、あなたがもらっているお給料の二倍は出すつもりでいます。それと店では勧誘をする必要もないし。私、自分が客として行ったとき、しつこく勧誘されたり、化粧品を売りつけられたりするのって、とっても鬱陶《うっとう》しいから、そういうことはやりたくないのよ」

タマエは自分が勧誘したことを思いだし、思わずうつむいてしまった。

「あなたのためにもいいと思うんだけど。どうかしら。あなただったら十分、やっていけるし、期待しているんだけど」

今の店でタマエは上司から、

「期待している」

などといわれたことはなかった。いつも、

「会員の勧誘数が少ない」

といわれ続けていた。またタマエは指名が多くてとても忙しいのだが、それに対しては、ボーナスでちょっと色をつけてもらえる程度のものだった。技術が未熟な同僚たちは、暇をいいことに、控え室でお菓子を食べたり、雑誌を読んで一日を過ごしていた。使ったタオルなどはエステティシャンが自分で洗濯をすることになっていたので、タマエが受け持つ洗濯物も多く、やたらと毎日疲れていた。同僚たちは、

「タマエちゃんは売れっ子だからねえ」

といっては、どら焼きを一個くれたり、お茶をいれてくれたりしたが、ひっきりなしに客がやってきて一日が終わると、立っていられないくらいにぐったりした。

(半分くらいしか仕事をしていない人たちが、どうして私とお給料がほとんど変わらないんだろうか)

と思ったこともある。忙しくて疲れているタマエを見たミキは、

「先輩、一生懸命やってるでしょ。まじめだから、一生懸命やりすぎるんですよ。そんなふうにしてたら、体、もたないですよ。適当でいいんですよ、適当で。そうしないと大変だからさあ」

といった。しかし仕事としてやっている以上、タマエはそうは思えなかった。やっぱりお客さんにはお金を払った分、納得して帰っていただきたい。自分がサロンに行って、適当にやられたら腹が立つに決まっている。しかしミキはそういう考えではなく、

「適当に、適当に」

でやっているみたいだった。先輩から、

「あんたって、がんばりすぎて、何だか嫌味なのよね」

といわれたこともあった。悪いことはしていないはずなのに、妙に浮き始めている自分を感じていたときでもあった。

タマエは二人を前にして、

「よろしくお願いします」

と頭を下げていた。ふだんはのんびりしているのに、それは自分でも意外な行動だった。

「わあ、よかった」

役員の女性はにっこり笑って、胸の前で指を組んだ。

「うれしいわ。心強い味方ができて」

「ああ、ほっとした」

自分がそういったことで、年上のそれも大会社の偉い人二人が、こんなに喜んでくれるなんてと、タマエまでうれしくなった。

「お店はやめられますね」

「はい」

「こちらのサロンができるまで、あともう少しかかると思うんだけど、もしもあなたが先にやめたとしても、その間のお給料は保証します。だからなるべく早く、こちらに来て欲しいんです」

自分の技術をそこまで評価してもらえたのは、とてもうれしいことだった。タマエは、

(明日、店長にやめるといおう)

と考えていた。

タマエからやめるといわれた店長は、もちろん引きとめた。

「どこかから、引き抜きの話があったんだろう。あそこか？ ここか？」

とライバルの店の名前を挙げたが、タマエは首を横に振って、

「違います」

といい続けた。

「うーん」

店長は悩み、こっそりと、給料を上げてやるといったが、タマエはきっぱりと断った。

それから店長や上司の態度はころっと変わり、彼女に対して、

（どうせやめる奴《やつ》なんだから）

というような態度に出た。二か月後、タマエは店をやめた。そしてほぼ同時に、高級エステティックサロン「ローズガーデン」が大々的にオープンしたのである。

前の店と違い、明るくゴージャスで顧客層も全く違っていた。前の店ではアルバイト代を握りしめてくるコギャルや、ブランド品のバッグをとっかえひっかえ身につけてくるくせに、靴は妙に汚れているOLがほとんどだったのに、今の店は年配の奥様方や働いている女性など、年齢層が上になった。おばさまたちに満足してもらうには、丁寧すぎるくら

いに接客してちょうどいい。さすがに腕のいい技術者を選んできたというだけあって、タマエの同僚はみんなエステティシャンの見本のような女性たちばかりだった。最初は十人ほどでスタートしたが、これから人数が増える予定になっていた。そこのサロンの社長として就任したのは、タマエが会った役員の男性だった。最初の顔合わせのとき、同僚たちはみんなにこやかに笑いながらも、目からはバチバチと火花が散っているのがわかった。腕がいい女性たちを集めたというので、みなプライドを持っている。タマエはただならぬ気配を感じ取っていた。

場所がいいのと、宣伝の効果があったのか、開店早々から店はとてもにぎわっていた。リラックス効果のある音楽が静かに流れているなかで、おばさまたちはまるでマグロのように横たわり、なかにはとてもきれいで妖艶《ようえん》なタイプなのに、施術を受けている間に、

「ぐー」

といびきをかいて寝てしまう人もいた。

「あなた、本当に上手ね。あなたがいる限り、ここに来るわ」

といってくれる人もいた。

施術は顔、全身のどちらかを選べるようになっている。顔の場合も首から肩、胸にかけてマッサージを行う。

タマエを初めて指名してくれた客がいた。五十歳の主婦である。ところが来店するのは二度目ということだった。個室に入って、顔にスチームを当てながらローションを塗っていると、

「この前は、タジマさんにやってもらったのよ」

とタマエの三歳年上の同僚の名前をいった。

「それがねえ、いまひとつだったの。そうしたらお友だちが、あなたにやってもらってとてもよかったっていうから、お願いしたのよ」

「ありがとうございます」

そう返事をしながら、タマエは、

(これが彼女にわかったら、大変なことになるかもしれない)

と思った。

タマエはもちろん顔から胸にかけてのマッサージはするが、背筋やわきの下の横のツボを押したり、客の背中の下に手を入れて、肩胛骨《けんこうこつ》の周辺をぐいっ、ぐいっと力を込めて何度もさすりあげる施術まで行っていた。そうすると肩凝りが解消し、リンパ液の流れがスムーズになるからだった。

「今までこんなことをしてもらったことはなかったわ。もちろんタジマさんもしてくれな

かったし。あなただけよ。これからはあなたにお願いするわ」

施術が終わると、主婦は大満足して帰っていった。

「本日はありがとうございました。どうぞお気をつけて」

そういいながら出入り口まで見送り、頭を下げると、たまたま通りかかったタジマジュンコが二人の姿を見て、不愉快そうな顔をした。

部屋に戻ろうとしたら、そこにジュンコが立っていた。

「あの方、私のお客様のはずだけど」

ジュンコは受付カウンターの女性が持っていた顧客カルテを手にとった。

「ええ、そのようにおっしゃってました」

「じゃあ、どうしてあなたがやるの」

すると受付の女性が、

「今日はタマエさんでというご指名でしたので」

とあわてて口をはさんだ。

「あら、そうなの」

ジュンコはカルテを女性に戻し、つんとして控え室に歩いていってしまった。

仕事は歩合制ではないが、やはり自分の施術した客が、他の人を指名するというのは気持ちのいいものではない。それはタマエにも十分わかっているが、客が選ぶことなので、どうしようもない。タマエのやり方が好きな客もいるし、ジュンコのやり方が好きな客もいる。現に、手でマッサージをされるよりも、機械を使われるほうが好きという客だっているのだ。しかしジュンコは単純に、自分の客を横取りされたと思うタイプだったのだ。同僚にも彼女は評判が悪かった。彼女にもちゃんと顧客がついていたし、それほど技術的に劣っているわけではないはずだ。しかし彼女はとにかくなんでも一番で、人よりも優位に立たないと気がすまないタイプだったのである。まるで自分が責任者かなにかのように、

「ちょっと、そこ、汚れてるわよ」

「タオル、洗っておいて」

「バスローブ、出しっぱなしだったわよ」

とあれやこれや指図する。ジュンコがいないとき、みんなで、

「気がついたら自分でやればいいじゃないねえ。みんなそうしてるのに」

とぶつぶつ文句をいった。タマエが休み明けに出勤すると、受付の女性が、

「休みのときに、タジマさんがタマエさんの顧客リストを全部チェックしてたんです。いちおう、お知らせしておいたほうがいいと思って」

と小声でいった。彼女はタマエがまた自分の客を横取りしたのではないかと、疑ったのかもしれない。

「タマエさん、人気があるから大変ですね」

受付の女性がいった。

「そうねえ、おかげさまで」

「こちらでスケジュールを組むのが大変です。だいたい電話をいただいて、二週間待っていただくのが当たり前になってますからねえ」

たしかに開店して半月くらいたってから、タマエは毎日、ぎっちりとスケジュールが詰まってきた。休みの日になるとぐったりと疲れてしまって、なかなか起きあがれない。ぐったりするのは前の店でも同じだったが、お給料が二倍になったというのが、救いだった。貯金もできるし買い物もできる。もしも今の店の親会社の役員が声をかけてくれなければ、ずっと今のお給料の半分しかもらえずに、ぐったりと疲れていなければならなかったのだ。週に二日の休みだけでは、疲れは取れなくなってきていた。まず腰痛がひどくなってきたような気がする。しかし自己流の体操や湿布薬を貼ったりしていると、痛みが和らぐので、医者にも行かずにそのままやり過ごしていた。

月に一度、店長を含めた会議の日がある。疲れ果てている閉店のあとに、行われる魔の時間である。ふだんは注意事項の伝達などで終わるのに、その日はジュンコが手を挙げて、発言した。彼女が手を挙げたのを見て、同僚たちは何も聞かないうちに、

「はーっ」

と暗いため息をついた。

「施術のことなのですが」

「ああ、何だね」

店長が書類に目をやりながらいった。

「本来ならばボディのお客様にするべきことを、フェイシャルのお客様に施術している人がいます。これはよくないのではないでしょうか」

胸を張ってジュンコはいい放った。

「えーっ」

「どういうことなの」

同僚はこそこそと話し合った。

「ふむ、そういうことはあるのか？　タジマくん、具体的にはどういうことかな」

客に過剰なサービスをして、同僚の客を横取りしているといった。

「おなじ金額なら、そちらのほうが得だからといって、お客様はみんなその人のところに

行ってしまいます。きちんと線引きをしておかないと、バランスが崩れてしまうのではないでしょうか」

　堂々と彼女が述べている間、みんなは、

「歩合じゃないんだからいいじゃないねえ」

「お客様が喜んでいるんだったら、それでいいわよ」

　と小声で話した。

「タマエさんには反省してほしいです！」

　彼女は名指しした。同僚は気の毒そうな顔で、タマエの顔を見た。

「きみはフェイシャルの場合、どの程度までやっているのかね」

　タマエは正直に話した。

「その肩胛骨へのマッサージが余分なのよ。リンパ液の流れをよくするとかいっているけど、それはボディのほうの仕事でしょ。フェイシャルのお客様には過剰なサービスだわ」

　別にいいじゃないねえという声がどこからか聞こえてきて、ジュンコはむっとした。

「ふーむ」

　店長はしばらく考えたあと、

「でもそれでお客様が喜んでいるんだから、それはそれでいいような気がするし。別にそれでトラブルが起きているわけじゃ……」

「起きてます！」

ジュンコは店長の言葉を遮った。

「顧客がタマエさんに流れているんです。過剰なサービスのおかげで」

「でもいいんじゃないですか。顧客が流れているといっても、それは私たちの内部の問題だし。店のお客様が減っているわけではないので、お客様に喜んでいただければいいんじゃないかと思うんですけど。誰が何人お客様に施術したとしても、気にしなければ、いいんじゃないでしょうか」

同僚の一人が発言した。ぱちぱちと小さな拍手も起こった。ジュンコはつんと横を向いた。

「そうだね。お客様に喜んでいただくのがいちばんだから。うちは歩合ではないし。顧客が集中する人は大変だけどね」

店長がうまくまとめて、ジュンコの申し出は却下されることになった。しかしタマエは、まさかあんなことをされるとは思ってもいなかったので、ショックを受けた。

「気にすることはないわよ、嫉妬《しっと》よ、嫉妬」

同僚はかわるがわる慰めてくれたが、一生懸命仕事をしてきたタマエにとっては、頭の痛い問題だった。

日曜日、どこにも行く気にならず、ぼーっと過ごしていると、あっという間に夜になってしまった。また腰痛がひどくなり、外に出かけるのもしんどくなってきた。近所のコンビニでお弁当を買ってきて、一人暮らしの部屋で食べた。前の店のときは食費節約のために自炊をしていたのに、今はついつい出来合いの物を買ったり、外食したりするようになってしまった。

「外食が多すぎるのは、体にはあまりよくありませんよ。疲れにはリラックスするのがいちばんですよ。ストレスはためないように」

とお客様にはいっているのに、自分の生活はめちゃくちゃになってきている。電話が鳴った。

「もしもし」

前の店のミキからだった。

「先輩、元気ですか」

「うん、なんとかやってるけど、そちらはどう？」

「えーと、私、お店、やめちゃったんですう」

「え、やめちゃったの？　どうして？　あれだけお客様を勧誘してたのに」

「うーん、でもそれだけじゃねえ。なんだかあ、少ないお給料で働いてるのがあ、ばかばかしくなっちゃってえ。やめちゃったの」

「じゃあ今はどうしてるの？」

「今？　今は働いてますよ。ちゃんと」

「どこのエステ？」

「エステじゃあないんですけどお。でも、まあ、似たようなところもあるかな」

「エステに似たところ？」

「そう。ま、相手にするのが女と男の違いっていうのかな。そういうところです」

「…………」

　タマエは言葉につまった。

「まさか、ミキちゃん、あなた」

「へへへ」

　悪びれずにミキは笑った。

「大丈夫なの？　ご両親は……」

「もちろんいってませんよ。やめたこともいってないし。でも労働は大してかわりがなくて、お金がぜーんぜん、違うんですよ。相手が男と女で、こんなにも違うのかって、びっくりしちゃった」

ミキは明るく話している。

「どうせ短期間でやめちゃいますよ。欲しい物をばんばん買って、旅行にも行って、貯金もして、そしてさっとやめて、結婚したいなあ。ねえ、先輩、どこかにいい人、いませんかあ」

タマエは聞いているうちに喉《のど》がからからに渇いてきて、

「ええ、あの、ああ、そう」

とミキの言葉に相槌《あいづち》しか打てなくなってしまった。

「じゃあ、先輩も、がんばってください。さようならあ」

最後までミキは明るかった。心臓が止まるほど驚いたが、どこでもあんなに明るくいられるのは、うらやましいとタマエは思った。

タマエのマッサージは口コミで広がり、彼女を指名する客は絶えなかった。顔よりも凝った背中を重点的にやって欲しいという人もいた。手先だけでするのではなく、体全体を使って、マッサージをする。人の体に触れているので、手を抜いたりすると相手にすぐわかってしまう。肌で敏感にそれを感じとった客は、文句をいうかそうでなければ店を替える。エステティシャンはいつも自分がいちばんよく働ける状態でいなければならない。しかしタマエは疲れていた。

お客様が来たら、にこやかに出迎える。失礼があってはならない。そして指名してくれたお客様に対して、大げさではなく力一杯施術しなければならない。控え室で、

「腰が痛い」

とつぶやいたタマエに、

「あなたはまじめすぎるのよ。一生懸命やりすぎ。ほどほどに手を抜かないと、こっちの体がもたなくなるわよ」

たしかにその通りだったが、タマエには手の抜きかたがわからないのだ。

「手を抜くってどうやるの」

「そうねえ、初めてのお客様にはちゃんとやるけど、リピーターにはさりげなく会話をしながら、メインでやるところを聞き出しちゃうの。目が疲れてるっていったら、フェイシャルを重点的にやるけど、肩はちょちょっとやって済ませるとか。あなた、ぜーんぶ完璧《かんぺき》にやってるんでしょ」

たしかにそうだった。

「だめよ、体を壊したら、元も子もないじゃない。自分の体が第一よ」

同僚は手鏡をのぞきこみながら、マスカラをていねいに塗り直している。

「それはそうよねえ」

タマエはうなずきながらも、お客様と接すると、手抜きをころっと忘れて、一生懸命やって、へとへとになった。

ある朝、起きようと思ったら、腰が痛くて起きあがることができない。そろりそろりと這《は》うようにして、ベッドから抜けだしてはみたものの、まるで腰に板が入ったようになっている。椅子《いす》に座っていると、腰から背中にかけて、だんだん痛みが上がってくるような気がする。しかしその日も終日、予約でいっぱいだった。何としても店には行かなくちゃいけない。タマエは食事をする気にもならず、のろのろとタンスの引き出しを開けた。立ったり座ったりも苦痛だ。引き出しの中から、いちばん締め付ける力が強い、ハードタイプのガードルを取りだし、コルセットがわりに穿《は》こうとしたが、きついガードルを穿くのも大変で、汗だくになってしまった。ガードルのせいか、朝、起きたときよりも少しは楽な気がしてきた。昼休みに近所の病院に行って診てもらおうと、それだけを考えて、電車に揺られていた。

仕事ができるかと思ったが、実際にお客様と対面すると、腰の痛みのことなどころっと忘れて、ふだんと同じような施術ができる。しかし、

「ありがとうございました」

と頭を下げて見送ったとたん、ずきーんと強い痛みがタマエの腰を襲った。具合の悪そうな彼女を見て、ジュンコは、

「ほーら、ごらんなさい。過剰なサービスなんかするからよ。一度、腰を悪くしたら、一生、治らないわよ。人の顧客を横取りするから、ばちが当たったのよ。あーあ、大変だ、大変だ」

とにやりと笑いながらいった。タマエは黙って、休み時間に近所の病院に行った。そこの年配の医師は、彼女の仕事を聞いたとたん、

「最近、体を悪くするエステティシャンの人が多いんだよね」

といいながら、水泳をしたり整体にも通ったほうがいいんじゃないかと、知り合いの整体師を紹介してくれたりした。

「本当はしばらく休んだほうがいいんだけどねえ」

しかしそんなことはできない。この先、二か月はびっしりと予約が詰まっているのだ。

腰に爆弾を抱えながらタマエは仕事を続けている。仕事中は痛みを忘れているのに、休みの日に家にいると、立っていられないくらい痛い。

「あたたたた」

タマエは横になって、腰をさすった。同僚のいじめに耐え、少しでもお客様の気持ちが

よくなって欲しいとまじめに仕事をしているのに、やっているこちらの体はぼろぼろだ。いっそのこと、仕事に差し障るくらいになっているなら休暇もとれるのに、仕事になると自然と痛みが薄れてしまう自分の体を、タマエはとても恨んだ。

とうとう誰も来なくなる

呉服店店主　テルコの場合

テルコは関西のある県に膨大な土地を持つ、戦前の裕福な家に育った。両親と三歳違いの弟の四人家族で暮らしていたが、父は特に仕事らしい仕事もせず、土地を切り売りしたり、金貸しをして生計をたてていた。家にはお手伝いの女性とは別にヨシエさんという若い女性がいた。広い母屋のいちばん端の部屋で、その女性は寝起きをしていた。テルコが、

「お姉ちゃん」

と彼女のことを呼ぶと、母はいつも不愉快そうな顔をし、

「あの人のことなんか、かまわんとき。お姉ちゃんなんて呼んだらあかん」

と叱《しか》った。ヨシエが父親の愛人だとわかったのは、小学校の同級生に、

「お前のとこは、おめかけが一緒に住んどるだろう」

といわれたからだった。テルコは父が嫌いだった。同級生の両親は毎日、身を粉《こ》にして働いているのに、自分の父は毎日酒を飲み、のらくらしていた。夜、芸者を連れて大騒ぎをしながら家に帰ってくることもあった。それをあたふたして迎えるのは、母であった。

その事実がわかってから、テルコは父が汚らわしくて大嫌いになった。

父はヨシエとは別の女性に入れあげるようになり、また博打にも手を出して、あっとい

う間に地所をすべて手放すことになった。まっさきにヨシエが姿を消し、そしてお手伝いの女性もいなくなった。家族四人は逃げるように住んでいた家を出、かつて住んでいた家の納屋くらいの広さの家を、母の着物を売った代金で借りて、母のへそくりを食いつぶして生活していた。父はそれでも働こうとはせず、母に酒代を無心して酒びたりになっていた。

（こんな人なんか死んでしまえばいいのに）

テルコはずっとそう思っていた。政局が不安定になり、太平洋戦争が勃発《ぼっぱつ》した。ますます一家の暮らしは貧しくなったが、父の態度は全く変わらず、望み通りに酒が飲めないいらだちもあって、母に暴力をふるうようになった。テルコが止めようとすると、彼女も殴られた。殺意すらも芽生えたとき、父はころっと亡くなってしまった。心臓発作であった。弟はびっくりして泣いていたが、母もテルコも涙は出なかった。それよりも心からほっとしたのである。

戦後、仕立て物で生計をたてはじめた母をテルコと弟は助けた。なるべく母の負担にならないようにと、二人で御飯を作り、夜なべをする母の肩を揉《も》んだ。学校も中学校でやめようと思ったのだが、母が止めた。

「あんたを高校にやるのは、お父さんに対する私の意地だ」

父親がいないから、子供を進学させられなくてもしょうがないというのが、母には許せなかったのだ。テルコは公立の商業高校を卒業し、デパートの呉服売り場に配属された。身長百五十三センチ、ウエスト五十八センチなのに、バストが九十センチの彼女に、他の売り場にいる数少ない男性社員がわーっと群がってきた。どの男も彼女に話しかけているとき、視線はじーっと大きな胸に注がれていた。はじめて社会に出た彼女は、そういう男性たちの興味本位の視線にうんざりした。ただでさえ父に幻滅してきたのに、社会にいる多くの男は自分の胸にしか興味がない。町を歩いていても胸の大きさをからかってくる男が後を絶たない。

「男なんて汚らわしい」

男性に向けるパワーを彼女はすべて仕事に向けた。陳列してある反物や着物を見ている客がいると、他の店員をおしのけ、真っ先に、

「何かお探しですか？」

と声をかける。そのときに「小紋」とか「銘仙」などといったら最後、客はテルコから逃れられなくなるのである。

「ご予算はいかほどですか。いいのがございますよ。こちらへどうぞ」

丁寧に応対するものだから、多少、着物を買う気になってきている客は、ついついテルコにいわれるまま、彼女の後をついていく。すると彼女は有無をいわさず、

「どうぞお鏡の前へ。まあ、何てお似合いなんでしょ。奥様、お肌がおきれいだから、このような柔らかいお色がお似合いになります」

と反物を客の肩にどんどん掛けてしまう。

「ほら、こちらのお色だと老けて見えますでしょ。お客様、これしかございませんわ。まるで誂《あつら》えたようにお似合いです」

すると客は、だんだんその気になっていく。色白の客には上品、色黒の客には個性的、瘦《や》せた客にははんなり見える、太った客には着映えがするというのが、テルコの殺し文句であった。彼女はそのときに明らかに客に似合わない物、無難に似合うが客の予算より安い物、似合うが予算を上回る物を三点、すぐに選び出せる目を持っていた。比較をさせて客に買わせるのである。着物というのは好みもあるが、どうしても生地がいい物、丁寧な仕事がしてある物のほうが値段がよくなる。いちばんいいのは、客にも似合って値段の高い物が売れることだが、テルコは何でも売れればいいとは思っていなかった。客に似合うことがいちばんで、信頼されれば次にその客がまた来てくれると考えた。特に洋服と違って着物は信頼が大切である。それまで女性たちは、なじみにしている呉服店から買うのがほとんどであったが、デパートのほうが買いやすいと訪れる客も多くなってきた。とにかく彼女は客に似合う物を選ぶことにかけては、いちばんだと自負していたのである。

客が予算で悩んでいると、

「着物は一生物ですしねえ……」

とプッシュする。女性が二枚の着物を前に、値段で迷う場合は、高い物を気に入っている証拠である。しかし予算があるから、ふんぎれない。それを買わせるのがテルコのテクニックであった。これから先、ずっと着ていくのに、生地がいいと染め替えがきくし、いい物はいつまでたっても見栄えがする。しかし手頃な値段だと、いつかは飽きる場合もあると説明するのだ。ほとんどの人は着物をとっかえひっかえするような生活はしていないから、

「それでは、予算は多少オーバーしても、いい物を」

という結論が出て、戦略は成功するのである。

そうして買った着物を着て出かけ、人に褒められたりすると、客はまた喜んで彼女のところにやってきてくれた。そして、

「また、あなたから買うわ」

といってくれる。それが彼女にはいちばんうれしかった。その反対に小柄で迫力のある体つきの彼女が、満面に笑みを浮かべながら、

「何をお探しですか。ご予算はいかほどですか」

とすり寄って行くと、

「いえ、別に……。ただ見ているだけ」

と逃げる客も多かった。すると彼女は、

「見るのはただですから、どうぞこちらへ。ほら、どうぞ。お好きな物をお掛けになってみて下さい。買う買わないは関係なく。どうぞ、どうぞ」

と追いかけた。そういわれて、

「それでは、ちょっとだけ」

という客もいれば、顔をこわばらせて逃げる客もいた。客が反物を肩に掛けたらあとはテルコの独壇場だ。そこまでこぎつけたら、買わせるのは何でもないと彼女は考えていた。まずは褒めちぎり攻撃である。なかにはふふんと笑いながら、

「お上手ね。そんなお世辞をいったって、何も買わないわよ」

といい放つ客もいた。それでもテルコはめげずに、

「何をおっしゃいますか。私は嘘《うそ》は申しません。似合わないのは似合わないと正直にお話ししておりますよ」

と食い下がる。褒められて不愉快になる人間はおらず、また女性客を不愉快にさせて、口コミで、

「あの店は感じが悪い」

という噂《うわさ》をたてられたら、大変なことになる。それでも客のほうが上手《うわて》で、何十反も反物を肩から掛けてみて、

「また来るわ」

と帰る客がいても、テルコは、

「またどうぞ、お越し下さい」

と頭を下げた。腹の中では、

(惜しかった。あと一押しだった)

と悔やむのであるが、それを顔には出さず、にっこり笑って客を送り出した。そういうテルコを見て、同僚たちは、

「食いついたらなかなか客を放さない、スッポンのテルコ」

とあだ名をつけていた。

十八歳から三十歳まで、テルコは一生懸命に働いた。気を抜かなかった。同僚の中には結婚するまでのつなぎで、上司の目が届かないところでは、ずる休みをしている女性たちも多かったが、彼女はこまねずみのように、くるくるとよく動いた。

「本当に働き者ね」

同僚からは半分馬鹿にされたような口調でいわれたこともある。それでも彼女は、

「そうそう、私はそれしか能がないから」

といいながら、人の二倍の仕事をした。働いているうち、彼女には野心が芽生えてきた。

「これから先、ここに勤めていてもできることはたかが知れている。私にはお客様もついているし、人よりは接客の能力がある。それを活かしたほうがいいのではないだろうか」

彼女と弟の給料で、母と共につましく生活をしている。苦労した母にも楽をさせてやりたい。十二年間、節約をして蓄えた貯金もある。テルコは呉服売り場に出入りしている、問屋の社長にこっそりと相談してみた。すると彼は、あっさりと、

「あんた、店をやってみたら」

といった。密《ひそ》かに心に思っていたことをずばりといわれて、テルコはどきっとした。

「そうしたいんですけど、貯金はあるといってもたかが知れてますし。それに、やはり責任は大きいです。失敗はできません」

彼女の頭の中には、すっかり背中が曲がって歳より老けて見える母の姿が浮かんだ。父の放蕩《ほうとう》で妻のプライドを傷つけられ、土地家屋を手放し、暴力をふるわれ、母の人生はさんざんだった。今は何とか暮らしているが、もしも店を失敗したら、それもすべて無くしてしまう可能性がある。これ以上、母を悩ませることはしたくなかった。

「ふーむ、なるほど」

社長は腕組みをした。

「でもなあ、ここにいたら、あんたはずっとぐずぐずと同じことを考え続けるで。それでいいんなら、デパートに勤めていたほうがええ」

「他にいい勤め先はあるでしょうか」

「どこも同じや。多少の給料の差はあるが、やることは似たり寄ったり」

「はあ、そうですか」

悩むテルコを前にして、社長は、

「なあ、あんた、店をやってみ。知り合いに女一人で店をやっている人はいるけどな、みんなああんたみたいなタイプや。大丈夫、あんたはやっていける。できることやったら協力するから、思い切ったらどうや」

テルコは三日間、悩んだ。母に相談したら心配して、やめろというに決まっているので、弟に相談した。すると彼は、

「ああ、そう。その社長さんは信用できる人なんか」

といちおうは聞いたが、

「姉ちゃんの好きなようにしたらええ」

といった。夜、母と布団を並べて横になりながら、テルコは、

「お金が欲しい。成功したい」

とつぶやいた。目をつぶると呉服店の店主となって、自ら着物を着、あでやかに笑っている自分の姿が目に浮かんだ。雑誌にも取材される。それを見た客がまたたくさん訪れて、店は大繁盛。テルコはそっと起きて、部屋の隅に置いてある姿見のカバーをめくった。カバーは母が着ていた紬《つむぎ》の着物のいいところだけを継いで縫った物だ。鏡の中にはばさばさの髪の毛をした女がいた。目の下にはクマができている。テルコはほつれた耳の上の髪の毛をなでつけて、またこそこそと布団の中に入った。

翌日、彼女は社長に連絡をして、

「デパート、やめます」

といった。社長は、

「そうか、わかった」

といい、どこか出物の店がないか探してくれると約束した。デパートをやめて店を出すということは、同僚たちにはひとこともいわなかった。デパートをやめていく女性社員はみな結婚が決まっての退社なので、テルコも最初はそう思われていたが、具体的にやめる理由をいわないことを、上司は不審に思っているようだった。

社長が保証人になってくれたおかげで、大通りから少し入ったところであるが、こぢんまりした小さな店が見つかった。

「あんたの貯金は仕入れに使い。店の保証金は貸してあげる。あるとき払いの催促なしや」

社長の申し出に頭を何度も下げながら、彼女は好意に甘えさせてもらうことにした。

「ねえ、やめてどうするん」

店のことも決まり、親しい同僚に聞かれたテルコは、ついほっとしたのも手伝って、店をやるのだといってしまった。もちろん、誰にもいわないようにと念を押したのだが、そんなことをいっても無駄で、あっという間にその話は伝わった。それから退社するまで、テルコは針のむしろの上に座っているようなものだった。話には尾ひれがついて、テルコは社長の愛人になって、店を出してもらうという噂に変わってしまっていた。同僚の女性社員たちからは白い目で見られるし、上司からは、

「あんた、うまいことやったね」

と嫌味をいわれる。反物をきれいに並べていると、

「おいおい、ちゃっかり抜いて、自分の店の商品として並べるんやないやろな」

とからかわれる。もちろん社長とテルコの間には何もあるわけがなく、親切な社長が乳めあてにテルコのパトロンになったようなことをいわれるのは心外だった。その話をする

と、社長は、

「ほっとけ、ほっとけ。男が会社をやめて独立するときには、嫉妬《しっと》まじりにいろいろいわれるんや。女だからなおさらやけどな。今は黙って我慢して、成功して見返してやったらええやんか」

テルコはあざ笑うような顔をしていた上司や、同僚の白い目を思い出し、

「頑張らなければ」

とくちびるを嚙《か》みしめた。

いつまでも母に黙っているわけにもいかず、すべての準備が整ったあとで話を切り出すと、案の定、母はとても心配したが、

「あんたの人生なんやから、好きにすればいい。私のことは気にせんでいいから」

といった。デパートをやめ、店の内装も整い、社長の紹介で問屋に仕入れに行く。どこでも歓迎してくれるわけではなく、

「何で来た」

というような応対をされることも多かった。それでもじっと耐えた。最初にやってきてくれたのは、デパートでテルコを名指しして来店してくれた客だった。そういう客は、多少、余裕がある人々だったので、ご祝儀として小紋や普段着の紬などを買ってくれた。他

に店員も誰もいず、テルコ一人がやっている店という気安さもあって、客たちは長居をして、家庭のことや仕事のことを、べらべらと喋《しゃべ》った。それまではただのお客様だったのに、テルコは客の夫が愛人を囲っていて、そのストレス発散のために着物を買っていることとか、主婦が株にのめりこんで、その儲《もう》けで着物を買っていることを知った。それぞれの家の中が透けて見えた。

店は軌道に乗り、あっという間に十年が過ぎた。社長の紹介で大手企業の社長夫人であるとか、大物女優と知り合うことができ、豪華な訪問着や手織りの豪華な袋帯の注文を受けたりした。その女優と並んで撮影した写真はテルコのいちばんの自慢で、店のウインドーに堂々と飾られていた。しかしそんなテルコを疎《うと》ましく思った人間もいて、店の前に糞《ふん》尿《にょう》をまかれたことが何回かあった。警察に連絡してから、そんなことはなくなったが、いつ何時、もっとひどいことが起きるか予測はできない。女一人で店をやるのは大変なことだと、テルコはしみじみと考えた。でももう後戻りはできない。突っ走るしかなかった。

店が成功したあと、彼女が望んだのは、大きな家を建てることだった。閑静な高級住宅地に土地を買い、陽がふんだんに射し込み、廊下の幅が一間《けん》ある、ゆったりした家になった。

「自分は何でもできる」

テルコは自信を持った。商売も順調に行っているし、顧客も増えている。それでもテルコは満足できなかった。もっともっと顧客を増やしたかったし、商品を売りたかった。一枚の訪問着を前にして、どうしようかと迷う客を三時間説得して、買わせたこともあった。テルコは達成感でいっぱいだったが、相手の目の下にはくっきりとクマが出ていて、疲労感が漂っていた。それ以来、その客はいくらご機嫌伺いのハガキを出しても、二度と店には姿を見せなかった。大物女優との関係も、訪問着の注文を三枚受けただけで終わった。テルコは女性に対しては人なつっこい性格で、ちょっと親しくなると、べったりとすり寄ってしまうところがあった。何度も電話をかけて、

「お顔が見られなくて寂しいわあ。たまには店におでまし下さい。お話ししましょ」

と甘えた声を出し、ハガキも何度も出す。行けばスッポンが自分をくわえて放さないことを、客はわかっていた。それをうるさがる客がいるのが、テルコにはわからない。自分のことを忘れないでいてくれたということで、客が喜ぶと勘違いしたのである。商売となるとテルコはテンションが一段階上がってしまい、周囲のことが見えなくなるくらい、集中してしまうのだった。

　客の入れ替わりはありながら、テルコの商売は、二十年以上の間、信じられないくらいに順調だった。サラリーマンの弟は結婚をしてすでに家を出ていき、彼の子供も大学生になっていた。彼の結婚式や新居の面倒を見たのは、テルコであった。高齢ではあるが母も元

気で過ごしている。社長の借金を完済した直後、彼は亡くなった。生きているうちにきちんと借金が処理できたことを彼女は本当によかったと思った。また世の中は好景気で高価な品物から売れていった。そんなとき格好の客がやってきた。彼女は不動産業を営む、その地域の大地主の妻だった。娘は日本舞踊の名取である。彼女はテルコの店の商品を気に入り、何百万もする訪問着をぽんと買った。そして、

「留袖《とめそで》を買い換えたいから、いいのがあったらお願いします」

と頼まれた。テルコはいさんで問屋に行き、売り値が五百万円にもなる着物を仕入れたが、彼女はそれを何の迷いもなく買った。スッポンのテルコが目覚めた。

「この人を逃してはならない」

十人に二十万円の着物を売るよりも、彼女一人に五百万の着物を売ったほうが、はるかに儲かると彼女は計算した。夫人は暇つぶしを兼ねて、週に二度は店を訪れ、まるでおうざいを買うように着物を買ってくれた。テルコは興奮した。

(これはいける)

それまではそんなことをしなかったのに、

「あなたに似合う物があったから」

と彼女の承諾も得ずに勝手に着物を作っても、

「あら、そう。ありがとう」

と買ってくれる。気に入らない場合でも、娘が着るだろうからいいということになる。テルコは注文を受けないのに、どんどん着物を作っていった。頼んでいないのに訪問着が五枚、彼女の家に届くときもあった。さすがに彼女が、

「ちょっとそれは……」

と首をかしげると、

「どうして？　どれもあなたに似合うのに。あなたに似合うから作ってあげたのに」

とテルコはいった。

「あなたのためを思って……」

というのが彼女の口癖になった。たしかにそうではあるが、テルコはその後、客が代金を支払わなければならないことを忘れていた。冷静になれず、テンションが別のところにいってしまうからだった。

商売が順調にいっているテルコは、たくさん買ってくれて申し訳ないというより、

「客に着る楽しみを与えている」

と傲慢《ごうまん》になっていった。客が気に入っても、

「どうしてそんなのを選ぶの」

といって自分の趣味を押しつける。なかには在庫品の古くさい小紋を押しつけられそうになって、怒って帰るＯＬもいた。それでもテルコは客の心中を察することができず、

「変わった人だ」

としか思えなかった。自分は何でもできて、こわいものはなかった。彼女の販売戦略にとりこまれた地主夫人は、さすがにある時期、

「もう十分作ったし、家にも置くところがないのよ。しばらくは着物はいいわ」

とやんわり断った。するとスッポンのテルコは、翌日、不動産屋に走り、近所のワンルームマンションを借りる手配をした。そしてその鍵《かぎ》を夫人に渡し、

「この部屋の家賃は私が払うから、着物部屋として使って」

といった。そして渋る夫人に、何反もの小紋を見せては、

「みんなまとめて作っておきましょか」

と平然としていう始末であった。

もちろん大量に仕立てに出されるから、仕立て屋さんも大変だった。絶対に針などが入っていることなど許されないのに、娘さんの踊り用の浴衣《ゆかた》の袖から、二本の針が出てきたことがあった。それを夫人が見せると、一瞬、テルコの顔色は変わったが、詫《わ》びの言葉はなかった。

五十歳を過ぎて、テルコは物忘れがひどくなってきた。どういうわけだかいつも体が痒《かゆ》くてたまらず、店にいるときは物差しを右手に持ち、ずっと背中を掻《か》いている始末だった。体だけならともかく、仕事にも杜撰《ずさん》な面が出てきた。仕立ての指示をするときに客を取り違え、すんでのところで大事になるのに気がついた。

「あー、よかったあ」

テルコは心臓が止まりそうになった。しかしそれはたまたま彼女が気付いただけであって、実は気がついていないところで、ミスはたくさんあったのだ。親娘《おやこ》の客の寸法を取り違えたことなど山ほどあった。しかし彼女たちの多くは、

「もう、あの店に行くのはやめましょうね」

と内々でいっただけで、特別テルコに文句はいわなかった。仕事のミスが多くなり、テルコは自信を喪失したが、それを人には感じ取られたくなかった。とにかく人に弱みを見せず、

「自分はちゃんとやっている」

というところだけを見せたかった。

「私は一生懸命にやってます。みんなのためを思ってやってるんだから」

というのが口癖だった。それを百万回聞かされた客は、内心、

(いってることと、やってることが違う)

と思いながらも、いちおう、

「そうねえ、大変ねえ」

と彼女を表面上はねぎらう。するとテルコは、

「みんな、女一人でがんばってきた私の仕事を認めてくれている」

と有頂天になってしまうのだった。

しかし相変わらずミスは続いた。ひどいときには紋を間違えた。縫い紋の指定をするとき、客と一緒に紋帳を見て確認したにもかかわらず、縫い上がってきたのは似てはいるものの別の紋であった。それを客が指摘すると、じーっと縫い紋を見たあと、

「よく見ないとわからないから、このまま着れば……」

と小声でつぶやいた。客は聞こえないふりをして、

「こんな他の家の紋なんか付けられないから、取って」

と怒って帰っていった。テルコは自分が間違えたともいえないので、

「わがままな客が、やっぱり紋なしがいいといって返してきた」

と客のせいにして、縫い紋を取らせたのであった。

テルコは特に五十歳を過ぎてから、自分の非は認めたくなかった。そうすると自分が商

売人失格のような気がしたからだった。車も買い換えたい。家ももう一軒欲しい。いい暮らしがしたい。おいしい物が食べたい。テルコの欲望はつきることがなかった。しかし残念ながら、テルコの店からは客足が遠のいていった。彼女の強引な商売に対して、つきあううちに客がうんざりしたのと、仕立てなどが雑になってきたこともあった。経費を節約するために、腕は落ちるが仕立て代が安いところに頼むようになったことが原因だった。

テルコは電話をかけまくり、

「遊びに来て。寂しいから顔を見せて」

と甘えた声を出した。客たちは、

「そうね、時間があったら」

と返事をしたが、誰も店に顔を見せなかった。がらりと戸が開く音がするので、いさんで奥から店に出てみると、証券会社のセールスだったりした。ほとんど店の商品は動くことはなかった。

「どないしよ」

テルコはまるで店のインテリアの一部になっているような、反物の在庫を眺めながら、尻をぽりぽりと掻いた。前は背中だけが痒かったのに、このごろは尻のすじのところが痒くて仕方がない。掻きはじめるとますます痒みは広がっていく。ところが場所が場所だけに、医者に見せるわけにもいかず、ただテルコは尻を掻くしかなかった。

男に甘えることなくこれまでの人生を過ごしてきたが、客にはどうしても甘えたくなった。

「おしゃべりしに来て」

と甘え声を出して電話をかけてみたが、ほとんど無視された。

「何でやろ。あれだけみんなにしてやったのに。世の中冷たいな」

テルコは尻を掻きながらつぶやいた。そして「潮時」という言葉がちょっと頭に浮かんできたが、

「何をいうてるねん」

と自分自身を怒鳴りつけた。

「車を買い換えたいんや。ベンツのワンランク上のやつ」

彼女は反物の上につもったほこりを、力いっぱい息をかけて吹き飛ばした。

でもちょっと何かが違う

元銀行員　ミドリの場合

ミドリは一年前に結婚するとき、できれば勤めていた銀行をやめたくはなかったが、夫の、

「家にいてほしい」

という言葉に従って、退社することにした。その理由を彼女ははっきりとは、同僚にいわなかった。みんなは当然、勤めはやめないと思っていたので、退社するとわかったとき、

「ええっ、どうして」

と目を丸くして、彼女のまわりにわらわらと集まってきた。

「もったいないわねえ。今、再就職しようと思ったって、なかなかみつからないわよ。どうしてやめるの」

としつこく聞かれた。のろけまじりに、

「彼が家にいろっていうから」

などといったら、

「夫のいいなり」

「前時代的な言動」

などといいだす、三歳年上のキャリア志向の女性が中にまじっていたので、

「うーん、まあ」

とミドリはごまかしていた。すると、

「あなた、できちゃったの？」

と一人が小声で聞いた。

「まさか、それは絶対にないわよ」

真顔で否定してもみんなは、

「あやしいわねえ。できちゃった結婚じゃなければ、どうして会社をやめる必要があるの？」

と彼女の下腹をじろじろと眺めた。

「それは絶対にないの！　もう会社にいるのが疲れちゃったのよ」

口から出てしまった言葉に、ミドリはしまったと思った。そんなことをいったら、みんなに総すかんをくらうと思ったのだが、彼女たちは、

「そうよねえ、毎日、疲れるわよねえ」

と顔を見合わせてうなずいた。キャリア志向の女性は、

「どんなに辛くても、あとから入ってくる女性たちのためにがんばる」

といっていたので、ずっと勤め続けるだろう。そういう根性はミドリにはなかった。勤めている環境からはすぐにでも逃げたかった。誰に意地悪をされたというわけでもないのだが、同じことの繰り返しで、電車に乗っているときは大丈夫だったのに、最寄り駅に到着して外に出たとたんに、気分が悪くなることもしばしばだった。今すぐにでも勤めはやめたかったが、未練があるのは収入のことだけだった。勤めていることで得る収入を失うのは、ちょっと残念だったが、夫の言葉が後押しをして、彼女は環境の変化のほうを取ったのである。

ミドリが夫と知り合ったのは、友だちの結婚式の披露宴でだった。五歳年上の夫は新郎が勤めている大手の広告代理店の同僚で、二次会でたまたま隣の席に座った。夫のほうは披露宴のときから、ミドリのことをチェックしていて、何とかゲットしようとしていたのが、うまくいってしまったのである。日焼けしていて黒光りしていて、まるで黒い弾丸のようだというのが、ミドリの第一印象だった。多少、強引なタイプではあったが、裏表がない性格でスポーツ好きだし、明るそうな人だったので、彼女は彼とつき合い、結婚に至ったのだった。

自分でばかだなあと思いつつ、ミドリが望んでいる生活があった。それはいわゆる「シロガネーゼ」と呼ばれるような生活であった。たいして年が変わらない女性たちが、広いマンションに住み、自分専用の外車に乗り、エルメスのバーキンを持っている。それに憧《あこが》れて、リサイクルのブランドショップで、傷物のバーキンを買ってしまったくらいだった。シロガネーゼには夫が医者や実業家という人もいたが、なかに夫は広告代理店勤務という女性もいたので、ミドリの夢はふくらんでしまったのであった。

実際に二人の生活がはじまると、憧れていた生活から全くかけ離れてはいないが、あと一歩で届かないといった感じであった。シロガネーゼの地元からは離れているが、一般のサラリーマンから比べたら、都内で二人で百平方メートルのマンションに住めるというのは、恵まれている。しかし何かが足りないとミドリはいつも考えていた。それは「ゴージャス」という言葉だった。車は夫の好みのRV車で、それに乗って食事に行くのはどうもミドリの趣味とは合わなかった。まだ新婚なのだから、ロマンティックにフレンチかイタリアンでも食べたいのに、夫と食事に行くのはいつも焼き肉店だった。車で十五分のところに安くておいしい店があり、夫は一週間に一度はそこに食べに行きたがった。

「また、焼き肉？」

車で出ようという夫にむかって、ミドリがいうと、彼は、

「いいじゃん。焼き肉は一人で食べたってつまんないんだよ」

という。

「二人で食べたって同じでしょう。焼き肉は草野球のメンバーと行けばいいじゃない。たまにはもうちょっと別の物が食べたいわ」

「奴《やつ》らと行くのは別の焼き肉屋なの。あそこはやっぱりうまいからなあ。な、行こう」

しぶしぶ車に乗ったミドリは、

「この車、買い換える気ないの？」

と聞いた。当然、夫はミドリがシロガネーゼに憧れていることなど、これっぽっちも気付いていない。

「どうして。丈夫で人はいっぱい乗れるし、荷物も積めるし。こんないい車、ないじゃないか」

新しいカーナビを取り付けたものだから、夫は車を運転するのが、ますます楽しくてしょうがないのだ。

「でもさあ、レストランとか行くときに、ちょっと変じゃない。お洒落《しゃれ》をしたって、この車に全然合わないんだもの。普段着には似合うけど……」

それを聞いた夫は、

「別にいいじゃん。そんなレストランなんか行かないし」

ときっぱりといった。

「あなたは行かないかもしれないけど、私は行きたいの」

ミドリはむっとして反論した。すると彼は、笑いながら、

「あ、そうなの？　レストラン行きたいの？」

といった。

「何がおかしいのよ」

「だってさあ」

夫はいつまでもくすくす笑い続けていた。焼き肉店にお洒落していく人なんて誰もいない。シロガネーゼはきっと焼き肉なんか食べないはずだ。

「たまにはお洒落して、ちゃんとしたレストランで食事をしたいわよ」

「これから行く焼き肉屋だって、ちゃんとしてるぜ」

「そういう意味じゃないの。わかってるくせに、からかわないでよ」

傷物でおまけにリサイクル品であるが、バーキンだって押し入れに入ったままだ。外食といったら焼き肉、焼き肉といったら外食。もう焼き肉はいい加減にしてくれぇとミドリは叫びたくなった。

「どういう車だったらいいのさ」

夫は前を見ながらいった。

「うーん、たとえばベンツとか」

「ベンツ？　ベンツねえ……。あれに乗って草野球やボディボードやりに行けるか？」

「それはあなたの趣味でしょ。私の趣味は違うもん」

「ふーん、どういう趣味なの」

「もっと都会的なの」

「へへえ、それはお見それいたしました。あなた様は都会的な方だったんでございますね」

夫はまた、

「くくく」

と笑った。

「何よ、どうして笑うのよ」

夫は笑い、ミドリが怒っているうちに、焼き肉店についた。

「まいどー」

店員の明るい挨拶《あいさつ》もミドリにはただ恥ずかしいだけだ。まさか店に入っても仏頂面をしているわけにはいかないので、いちおうにこにこしながら、カルビやハラミなどを頼む。

「何だかんだいったって、焼き肉、食うんじゃないか」

夫の言葉にミドリはかちんと来た。

「私は気を遣ってるの。正直いって、もう焼き肉なんかうんざりだわ」

夫と小声で話しているときは怒った顔をし、店員がやってくるとにこにこ笑いながら、ミドリは注文した肉や冷麺《れいめん》をちょぼちょぼと食べていた。そんな彼女を見ても、夫は悪かったとか次はレストランに行こうなどと、ご機嫌をとるような言葉はいわず、

「あー、やっぱ、ここのはうまいなあ」

といいながら、肉を平らげることに熱中していた。

帰りの車の中で、むっとして黙っているミドリに、夫は、

「お前、家にずっといてストレスがたまってるんだろ。外に出て働けば」

といった。またまたミドリはかちんと来た。

「あなたが家にいてほしいっていうから、勤めをやめたんじゃないの。今さらそんなことをいうなんて。それだったらやめることなんかなかったわ。それなりにお給料をもらってて、私はやめたくなかったのよ。あんなにお給料をくれるところに、今から就職できっこないじゃない」

またミドリは怒った。

「お前は結婚してから、きりきりしてるんだよ。そりゃあ、おれの仕事が不規則だから、

家にいてほしいとは思ったよ。でも一緒に暮らしてみるとさ、家にずっといてもいつも怒ったような顔をして、文句ばっかしいわれてたら、はっきりいってめげるよな。ま、何事もやってみないとわからないからさ。でもこれだけはいっとくけど、おれが無理やり会社をやめさせたわけじゃないからな。やめたのはお前の意思なんだぞ」

またまたミドリはむっとした。

「私はあなたの気持ちを察して、それならって勤めをやめたのに、無理やりやめさせたわけじゃないなんていわれたら、あなたの気持ちを尊重した、私の気持ちはどうなるの。そんなふうにいわれたくないわ。だいたいあなたは自分本位でわがままずぎるのよ。自分の都合でころころ考え方を変えて。いい迷惑だわ」

彼女はつんと横を向いた。隣の車線にベンツのカブリオレが走っている。運転しているのはお洒落で洗練された女性だった。年齢はミドリより少し上といったところだろうか。

(あーあ、失敗したかも……)

ミドリはため息をついた。あせるんじゃなかった。男のうまい言葉に乗せられるんじゃなかったと、たくさんの後悔が頭に浮かんできた。

「だからさ、外に出ていいよ」

しばらく黙っていた夫がぽつりといった。

「わかったわよっ」

ついついミドリは強い口調で返事をして、家に帰ってからもどよーんとした沈黙が二人を包んでいた。

あまりに腹が立ったので、ミドリは翌日からすぐに、どこか働けるところをと、就職情報誌を買ってきた。ところがどこもかしこも彼女の欲望を満たすことはできなかった。だいたいシロガネーゼはパートで働いたりしてはいないだろう。働いたとしても、夫が経営している店や医院の手伝いとか、自分でアクセサリーショップやブティックといった店を経営していなければいけないのである。

「アクセサリーショップっていうのはいいかも。きれいだしかわいいし、洋服を扱うよりは簡単そうだし」

急にやる気が出てきたミドリは、もう一度就職情報誌をめくり、雑誌などでよく見かけるアクセサリーメーカーの名前を見つけた。経験者優遇と書いてあったが、それを無視して電話をすると、

「経験者じゃないと応募できません」

とあっさりいわれて、ミドリは退散した。しかしこれで引き下がるのは、自分のプライドが許さなかった。ミドリは傷物のバーキンを押し入れから出し、化粧をし結婚してから

ほとんど着る機会がなかった服を着て、電車に乗って都心に向かった。小さな子供の手を引いた、お洒落な女性をあちらこちらで見かける。

(私だって、あのくらいになれるわよ)

ミドリはほとんど意地になっていた。ぶらぶらと散歩がてら歩いていると、一軒のアクセサリーショップに目がとまった。若い女の子が好きそうなカジュアルな物もあるが、大人の女性にも似合いそうな質のいい物も置いてある。店内に入るとレジのところに小さく、「お手伝いをしてくれる方を探しています」というメッセージカードがあるのが目についた。商品を眺めるより何より先に、ミドリは店の女性に、

「あの、カードを見たんですけど」

といった。

「はい」

彼女はとても感じよく笑った。

「あのう、私、こういうお店で働きたいと思っているんですけれど……」

店の女性は、

「社長と代わりますので、お待ち下さい」

といって奥に引っ込んでいった。しばらくして淡いブルーのサングラスをかけ、短髪で

ひげを伸ばした男性が出てきた。中田英寿に似ていて、ミドリの好みであった。

「どうも、こんにちは」

「あ、こんにちは」

ミドリは肩をすぼめてぺこりと頭を下げた。

「失礼ですが独身ですか？」

「いえ、結婚してます」

「これまでファッション関係の仕事をしたことはありますか」

「ないんです。学校を卒業してからずっと銀行に勤めていましたので」

「銀行ですか。ふーむ」

ミドリはすがるような目で社長を見た。

「あのう、いずれこのような素敵なお店を出したいと思っているので、いろいろと勉強したいんです」

何の準備もしていないのに、その場でミドリはそのように口走ってしまった。

「そうですか。創るほうねえ。マックは使えます？」

一瞬、マックってマクドナルドのことで、マックに行くかと聞いているのかと思ったが、すぐにコンピュータのマックのことだとわかった。

「いえ、使ったことはありません」

「そうですか。うちではほとんどマックを使っちゃってるんで、それが使えないとちょっと……。デザインは無理ですね」

ミドリの体から汗が流れてきた。

「あのう、他には何かお手伝いすることはないでしょうか」

「あとは……。手先は器用ですか」

「手芸は好きだし、家庭科の成績もよかったです」

「それだったら製作を手伝ってもらおうかな。実はこの間、うちの商品が若い女の子向けの雑誌に載って、注文がすごいんですよ。順番で待ってもらっている状態で」

そういいながら社長は、うれしそうにウエイティングリストを手にとった。

「これなんですけどね」

小さなピアスで、赤、黄、ブルー、水色の半透明のかわいいハート形や花形のパーツや、銀のスプーンや犬やネコのパーツが揺れている。

「かわいいですね」

「これうちの社員がデザインして製作もしてたんですけどね。間に合わなくなっちゃって。近所のおばさんたちに頼んだりしていたんですけど、出来不出来に差がありすぎて、商品にならない物もあって困ってたんですよ」

「それをやっていただけると、とても楽になります」

ミドリが声をかけた店の女性が、ほっとしたようにいった。

「そうだよね。店を閉めてから、みんなでやったもんね」

ミドリは店の奥に招き入れられた。そこでは二台のマックが並んでいた。その前には髪の毛をたくさんお下げにした女性と、目のまわりを水色にぬりたくった若い女性が座っていて、画面にデザイン画を描いていた。

「これがパーツです」

箱の中にはたくさんのピアスのパーツが入っている。

「それをこれに付けるんです」

次に持ってきたのは、銀色と金色のピアスの耳に通す部分だ。

「パーツもうちで作っているんですけど、それは企業秘密なんで、外には出せないんです。とにかく暇なときに、パーツだけどんどん作っておいたんですけどね。おばさんたちは暇はあるけど老眼の人が多くて、こういう細かい仕事は苦手みたいなんですよ」

話を聞きながら、ミドリは自分が考えていたことと、ちょっと話がずれていっているような気がした。彼女が求めているのは、自分でデザインをし、どういう材質を使うかを考え、自分で創るということだった。マックを操作できないので、デザインは無理としても、他のクリエイティブな部分をまかせてもらえるのかと思ったが、すでにパーツはできているし、ピアスの本体もある。

「あのう、それで私は何を……」

「このパーツをピアスの本体に付けてほしいんですよ。ほら、こうやって」

社長はペンチを持ってきて、パーツの先に付いているリングをこじ開け、ピアスの本体のリングにひっかけて閉じた。

「これで出来上がりです」

社長の指にはかわいい半透明の花のピアスがぶら下がっていた。

「これをやってもらえると、本当に助かるなあ。困っていたんですよ」

女性たちもにっこりしてうなずいた。

(何か違うわ)

そう感じたが、すでに抜き差しならない状況に陥っていた。今さら、

「そんなことをするのはいやです」

とはいえなくなってしまった。もしもここで仕事を拒絶してしまうと、これから先、社長ともアクセサリーの店ともつながりがなくなってしまうと思った。でも何かが違う。ミ

ドリは、

「やらせていただきますけど……。私、履歴書を持ってきてないんですけど」

と口ごもった。すると社長は、

「そうですか。いちおううちの商品を預けるので、履歴書は持ってきてもらえますか。そのコンビニで売っているはずですから、ちょこちょこっと書いてもらえれば」

という。ミドリにすぐにでも仕事をやってもらいたいと思っているらしい。店の女性はパーツとピアスの本体が山のように入った箱を三個ずつ、すでに手提げ袋の中に入れて準備をしていた。

ミドリはコンビニに行って履歴書を買い、社長や店の女性たちが見ている前で、履歴書を書いた。

「大手の銀行にお勤めだったんですねえ」

「はい」

「そういうところに勤めていた人だと安心して、うちの商品を預けられますよ。ひどい人になると、いくつか抜いて売っちゃう人もいるんですから。それもうちよりも高い値段でね。それで、早速で申し訳ないんですけど、待っているお客様がたくさんいるので、できるだけ早く上げてもらえますか」

社長の言葉にうなずき、素材が入った箱をぶら下げて店を出ながらも、何か違うとミドリは首をかしげていた。

家に戻り、バーキンと山のようなピアスのパーツを並べながら、くらくらっときたのは事実だが、

「やっぱり変だわ」

とつぶやいた。しかしとにかく早くやってほしいといわれたので、店の女性が入れてくれたアクセサリー用のペンチを手に、パーツを取り付けはじめた。花のパーツばかりを付けていると飽きるので、次は星にしたり、ハートにしたりと変化をつけたが、やることには変わりがない。ミドリは手芸が好きなので、まだ我慢できたが、こういうことが苦手な人だったらば、五分でいやになったに違いない。途中、一人でチャーハンの夕食を食べた以外は、ずーっとパーツを付け続けた。

最初はどんどんできるのが面白かったが、そのうちに飽きてきた。帰ってきた夫はテーブルの上に散らばっている、鼻息で飛びそうな小さなパーツを見て、目を丸くした。

「どうしたんだ、これ」

「何だかわからないけど、これをやることになっちゃったのよ」

「何だかわからないって、どうしてさ」

ミドリは今日あったことを夫に説明した。

「ばっかだなあ、お前。何を考えてんだよ。全然、方向が違うじゃん」

「やっぱりそうか」

「お前のやってんのって、内職じゃないか」

「内職？」

「そう、ほら、昔さ、貧乏な家の奥さんがさ、紙風船や造花を作るんだよ。十個で一銭とかいう値段でさ。それと同じじゃないか」

たしかにそれはそうだった。

「いくらなんだよ、これ」

「さあ」

「本当にばかだなあ、お前は。どうしてちゃんと聞いてこないんだよ。十個で一銭だったらどうするのさ。千個作って一円だぜ。あーあ、おれは知らないよ」

ミドリは、

「お金が目当てじゃないもの。何事も勉強だと思ってやってるの」

といい放った。しかし腹の中では、

（あんなところで、お金はいくらもらえますかなんていえないわ。たしかに聞かなかった

私も悪いけど）

と思っていた。

「あーあ、小さくて大変だあ。知らないぞ」

夫にそういわれると、意地でもこれを全部作ってやるという気になってきた。

夫が寝てもずっとピアスを作り続けた。最初は手が震えたりしたが、慣れてきたのか取り付ける時間も早くなってきた。はっと気がついたら夜中の三時になっていた。何かに憑《つ》かれたようにやっていったが、出来上がったピアスを見ると、やったという満足感はあった。

「とにかく寝よう」

ミドリは夫がいびきをかいている隣のベッドに横たわり、泥のように寝た。

翌日も夫を送り出してから、ピアス作りである。鼻がむずむずしてくしゃみをしたとたん、テーブルの上に置いたパーツが、全部吹き飛んだ。あわててはいつくばって拾い集めていると、電話が鳴った。出てみるとアクセサリー店の女性からだった。

「ご苦労様です。どのくらいできましたか」

のっけからそういわれ、ミドリはあわててテーブルの上を見た。

「えーと、箱に半分ちょっとくらいですけど」

「あ、そうですか。申し訳ないんですけど、今すぐできた分だけね、届けてもらえませんか。お客様に催促されちゃって」

ミドリはあわてて身支度を整えて、できた分のピアスを持って店まで届けた。

「ああ、助かった」

社長をはじめみんな喜んでくれた。マックを操っていた女性二人は、ウエイティングリストを見ながら、ミドリが作ったばかりのピアスを封筒に入れていた。

「それではお支払いを……」

ミドリは思わずごくんとつばを飲み込んだ。交通費を伝票に書かされ、もらったお金は交通費別で三千円だった。

「あとのも続けてよろしくお願いします。出来もとてもいい」

社長はにこっと笑った。ギャラにちょっとショックを受けたミドリだったが、彼に笑いかけられて、うれしくなった。

三千円が高いのか安いのか、ミドリには見当がつかなかった。売り値が安いからそんなものなのかもしれない。十個一銭よりは高かったが、帰りの電車に揺られていて、このまこれを続けてどうなるのかと心配にもなった。我慢してやっていれば、別のクリエイティブな仕事もまかせてもらえるのか、それとも夫がいっていたような内職仕事で終わってしまうのか。夫にはギャラについては黙っているつもりだった。そんなことをいったら、また何をいわれるかわからない。

家に帰れば連日ピアスを作っているミドリを見て、夫は、

「いい加減にしろ」

と怒り出した。

「どうしてよ。あと少しで全部終わるんだから、いいじゃない」

「鬱陶《うっとう》しいんだよ。疲れて帰ってきて、お前がちまちまそんなことをしてると、うんざりするんだ」

「何よ、勝手なことばかりいって。家にいろっていったかと思ったら、働けっていうし、仕事をしたら鬱陶しいっていうし」

「そんなの仕事じゃないじゃん。貧乏くさいことをやるのはやめてくれよ。だいたいそれだけやって、いったいいくらになるんだ」

ミドリはぐっと言葉に詰まり、

「あなたにいう必要はないわ。とにかく、預かった分は全部やりますから」

とペンチを手に作業をはじめた。夫は呆《あき》れ顔でテレビのスイッチを入れた。ハート、花、犬、ネコ。次々にピアスは出来上がる。

（やっぱり方向が違うのかなあ。これをやっていれば、ステップアップできるのかなあ）

嫌いな仕事ではないが、これをずっとやり続けるのはやっぱりいやだ。ベンツの夢にもほど遠い。これが全部出来上がって届けにいったときに、社長にそれとなく相談してみようか。しかしそこで、

「あなたには無理ですよ」

ときっぱりいわれたら、立ち直れないかもしれない。そして、

「お願いします」

とパーツを手渡され、にっこりされたらまた内職仕事を引き受けてしまうかもしれないと、ミドリの心の中には、心配事ばかりが次々に浮かんできたのであった。

いろいろあって、おもしろい？

ラブホテル店長　チアキの場合

「チアキさん、面接の方がみえましたよ」

チヨの声がした。

「はい、今、行きます」

チアキは読みかけの本を閉じて、隣の部屋に入っていった。このところチアキの父が経営するラブホテルには、従業員の応募が増えてきた。アジアの国からやってきた女性も多くなった。

そこには男性と一緒のアジア系の女性がいた。

「お待たせしました」

チアキが姿を現すと、

「よろしくお願いします」

「オ、ネガイシマス」

二人はぴょんとソファから立ち上がり、ぺこりと頭を下げた。女性は二十代のようだ。頭髪が薄い男性とはずいぶん歳が離れているようにみえる。

「まず仕事のことなのですが、お願いしたいのはお客様が帰られたあとのお掃除なんですけれど。うちではメンテナンスといってますが、失礼ですがその点はご理解いただいていますか」

女性のほうは大きな目をぱっちりと見開き、じっとチアキの顔を見つめていたが、話が途切れるとすぐにぱっと隣の男性の顔を見た。

「ええ、いちおうは話しておきました。ホテルの掃除だとは思っているはずですよ」

「でも普通のホテルとは違いますし。やはり若い女性ですと嫌悪感を持たれるのでは」

「いや、それが最初、男と女が使うホテルだよっていったら、こいつ、自分がそこで客を取らなきゃいけないと早合点して、大騒動になっちゃって。違うんだ、場所はそうだけど、仕事はクリーニングなんだっていったら、わかったようです」

男性はそういってあっはっはと笑った。しかし実際に、このホテルでもアジアの女性たちが、国にいる家族の生活のために、客を取っている。彼が笑っているようには、同性としてチアキは、同じようにあっはっはと笑えないのである。

「そうですか。お仕事はどういうことかわかっていらっしゃいます？」

チアキがたずねると彼女は、

「ハイ、ワカッテマスヨ。オソウジシマスネ」

といってうなずいた。

「それでしたら結構です」

そして彼らが持ってきた履歴書を見た。住所はすぐ近くのアパートになっている。二人は夫婦で、女性の名前はマリアといった。マリアは二十五歳、夫のタナカ氏は四十五歳だ。結婚して半年しかたっていない。怪しい男にひっかかると、騙《だま》されて狭い部屋に押し込められて、水商売から売春へと過酷な労働を強制されたりするものだが、目の前の二人は全くそのような関係でないことはチアキにもわかった。彼女は夫を頼りにしているようだし、夫は彼女をかわいがっているようにみえた。

履歴書を見ている間、二人は手を握り合い、お互いに耳打ちしては、くすくすと笑っていた。すると突然、夫が、

「あのう、これ、本当に掃除だけですよね」

と真顔で聞いた。

「ええ、そうですけど」

「他にやらせないでしょうね」

「他にとおっしゃいますと」

「いえ、たとえば、あのう、さっきいったみたいに、客を取らせるとかですね……」

「絶対にありません！　そんなこと」

チアキはつい大声を出してしまった。

「あ、そうですよね、すみません。いえ、あの、そういうことはないだろうなあって思ったんですけど、念のためっていうことで、いや、失礼しました」

彼はそういって、えへへへと照れたように笑った。

チアキのホテルは二十四時間営業で、日中の時間だと多少楽だが、パート代は安くなり、夜は多少高くなること、混んでいるときは手早く部屋の掃除とベッドメイキングのメンテナンスを済ませなければならないので、時間に追われると話した。

「夜のほうが高いんですよね」

夫はしばし考えていた。

「でも、夜一緒にいられないっていうのはちょっと辛いなあ。なんせ、まだ、新婚でしてね」

夫はまた、えへへへと笑った。

「実は私の勤めている会社が、どんどん給料を減らしはじめてましてね。今年はボーナスもなかったんですよ。これから子供も欲しいと思っているし、こいつの実家にも送金しなくちゃいけないし、どうしたらいいかと思っていたら、こいつが『パパサン、ハタラクヨ』っていってくれましてね。でもまだ言葉がうまくできないから、仕事も限られますでしょ。客相手は無理だし。体を売りゃあねえ、言葉なんていらないんでしょうけど、そんなことは女房にはやらせられないし。たまたま歩いていたら、こちらの募集を見て、やってきたというわけなんです。こいつは国で外国人の家のメイドをやっていたこともあるんで、こういうことは慣れていると思います」

すると今まで自分から話そうとしなかったマリアが、

「パパサン、カワイソウ。タイヘンダ」

といった。

「そうですね、大変ですねえ」

チアキがそういうと彼女はほっとしたような顔で笑った。メイドさんをしていたのなら、ベッドメイキングや掃除は慣れているだろう。

「それでは時間帯はどうなさいますか」

「やっぱり朝から昼っていうのは暇なんでしょう」

「そんなことはないですよ。夜、ご利用になれない方々が日中、いらっしゃいますし」

「ふーん、朝っぱらからねえ。みんなやるもんだねえ。いったいどういう人が来るんですか」

夫はそれにとても興味を示した。

「いえ、お勤めの方とか、学生さんもいらっしゃいますし」

「はあ」

彼は感心したような間の抜けた声を出した。そしてそれを妻に話し、彼女は恥ずかしそうに、

「フフッ」

と笑った。

「あのう、昼の勤務にしてもらえますか。多少のお金のことはいいですわ。普通のパートと同じ感じでやってもらえます？」

うちは普通のパートじゃないのねと思いながら、チアキは黙ってうなずいた。

「でも、安心しました。女性の方で。やっぱりねえ、責任者が男性だとね、関係ないっていっても、気になりますからねえ」

夫は一方的にしゃべった。

「それでは九時から五時までということで、よろしいですか」

チアキが淡々とビジネスライクに話をすすめると、二人は顔を見合わせてうなずいた。

「明日からお願いできますか」

また二人は顔を見合わせてうなずき、マリアは、

「ヨロシ、ク、オネガイシマス」

と頭を下げて帰っていった。

「チヨさん、ご苦労さま」

自分の代わりにフロントに座ってくれていたチヨに、チアキは声をかけた。

「三〇三号チェックアウトです」

「はい、わかりました」

「さっきの方、決まりましたか」

「ええ、明日から昼番ね」

「じゃあ、私と同じですね」

「そうですね、よろしくお願いします」

「はいはい、素直そうな方でよかったです。心配は言葉ですけど、何とかなりますよ」

以前、パートの古株のチヨは、気が強く仕事をしない日本人のおばさんパートと仕事を組んで、とんでもない目にあっていた。メンテナンスは二人で組んでやるのだが、その彼女は全くやる気がなく、一生懸命仕事をするチヨに対して、自分も応募してきたくせに、

「こんなこと、早くやめたら」

と年がら年中いい、パートの休憩室でずる休みすることだけを考えていた。出勤してき

たと思ったら、

「気持ちが悪い」

　といって休憩室の仮眠用のベッドで、ずーっと寝ている始末だった。やめてもらうのにも一方的な解雇だと騒いで大変だった。だからチヨは新しいパートが来ると聞くと、チアキ以上に関心を持つようになってしまったのだ。

　今、ホテルには古株のパートさんが二人いる。その一人が昼番のチヨさんで、もう一人は朝番のツネコさんという。還暦を過ぎた二人はホテルの近くのアパートで一人暮らしをしている。アパートに帰って一人でいるよりは、ここで他の人たちと、食事をしたほうがいいと、時間が来てもなかなか帰ろうとしない。

「仕事をさせていただいて、そのうえ御飯もただでいただいて、幸せです」

　とチヨはいう。ツネコさんは、

「働くようになってから、体調がよくて」

　ところころと笑う。しかしそれぞれの子供たちは、そうはいかないみたいで、何度も、

「そんな仕事はやめろ」

　といわれたらしい。それでも彼女たちは、

「あんたたちの世話にはならないから、放っておいてくれ」

といって、仕事を続けてくれている。チアキと父は相談して、チヨとツネコには年に二回、ボーナスをあげている。母の日、誕生日、クリスマスにもプレゼントをあげる。すると彼女たちは涙をこぼして喜んでくれる。

「チヨさんとツネコさんには、本当に助けられているね」

とチアキは父といつも感謝しているのである。

チアキは今年、三十一歳になった。幼稚園に通う男の子が一人いる。彼女の父は昔は飲食店やバーなど、水商売を主に何軒か店を持っていた。そしてそのなかにラブホテルもあった。自宅の近くにホテルを建てたものだから、

「ほら、あれがチアキちゃんちがやっているホテル」

と指を差されたりした。小学生のときは父の職業がいやで、サラリーマン家庭の友だちが、うらやましくて仕方がなかった。なかには、

「ああいう子とは、遊んではいけません」

というお母さんがいて、高学年になるとチアキは仲間外れにされたり、いじめられたりした。金回りがよかったので、クラスメートよりも上等な物を持っているというのも、やっかみの対象になった。それを知った両親は、

「世の中にはいろいろなことをいう人もいるけれど、お父さんたちはまじめに働いていて、

人には迷惑をかけていないんだよ」

と説明した。もちろん頭ではわかっていたが、実際に学校に行くと、仲間外れといじめにあう。慰めたとはいえやはり両親は心配になり、チアキを中学校から私立に通わせた。クラスメートはもちろん、チアキの家の職業を知っていたが、それについてあれこれいう者は誰もおらず、いじめられることもなくなり、友だちも家に遊びに来たりして、何事もなく無事に学校を卒業することができた。

それから貿易会社に就職し、そこで元夫と知り合って結婚した。ところが彼の両親をはじめ、親類一同がチアキとの結婚に猛反対し、元夫はそのなかで孤立しながらも、チアキと結婚するといってくれた。そのころ父は飲食店やバーを人手に渡し、ラブホテルだけを経営していた。しかし結婚後、何かといえば実家の職業を持ち出され、嫌味をいわれ続けた。姑《しゅうとめ》と同居しているわけではなかったが、マンションの住人の男性に挨拶《あいさつ》をすると、

「他の男性に色目をつかった」

と夫にいいつける。もちろんチアキにはひとこともいわないのである。姑と夫の姉が遊びに来て、ベランダに干してある黄色のレースの下着を見て、

「やっぱりおうちがおうちだと、下着も派手ねえ」

という。なんでもかんでも実家のせいにされるのであった。

たしかにラブホテルを経営しているが、両親はとてもまじめに働いていた。温厚で教養もあり、チアキにとって尊敬できる両親だった。そういわれるたびに、彼女は両親をばかにされているような気持ちになり、不愉快になった。最初は気にしないようにしていたが、チアキが黙っているのが、余計、腹が立ったのか、ますます彼女たちは増長した。チアキが浮気をしているなどと、あることないこと夫に告げ口し、結局、夫が妻ではなく母親のいうことを信じて、夫婦仲は最悪になった。そのときにはすでに子供が生まれていた。子供が生まれればなんとかなるかと思っていたが、全く変化はなかった。三歳になった子供を連れて実家に行くと、母は、

「うちがこういう仕事をしているから、あんたを悲しませることになったのかねえ」

と顔を曇らせた。父も隣でしゅんとしている。それを見るとますます夫や彼の親族には腹が立ってきた。

「離婚を承諾するが、そのかわりに子供をよこせ」

という先方のいい分を蹴《け》り、慰謝料なし、養育費なしで息子を引き取って離婚したのである。

それからチアキは父の仕事を手伝うようになった。自分がラブホテルに入ったこともないのに、そんな仕事ができるだろうかと思ったが、仕事は何でも誠意を持ってやることだ

と思い、プライドを持って仕事をした。しかし青少年の教育に悪いと、地元のまじめなご婦人方がやってきて、

「このような仕事をして、恥ずかしくないんですか」

と詰め寄られたりする。

「いいえ」

チアキがきっぱり答えると、

「まあ」

と彼女たちは信じられないという顔をする。父に相談すると、

「ああいう人たちはね、思い立つと集まってやって来るの。レクリエーションみたいなもんだから、気にすることはないよ」

といわれたので、彼女たちが来たときにはお茶菓子も出して丁寧に応対するようにしたら、やってくる回数が減ってきた。そして買い物に行って出くわしたときは、お互いに、

「あら、こんにちは」

と挨拶をするまでになったのである。

この地域ではチアキの父が経営するホテルがいちばん古かったが、地上げ騒動があったころから、古い住宅を企業が買い上げて、ホテルに建て替えることが多くなった。そんな

とき両親が、

「ちょっと偵察に行って来る」

と出かけていったのを見て、チアキは大笑いしてしまった。あんなおじさんとおばさんが入っていったら、びっくりするだろうと思っていたが、最初から最後まで顔を合わせることはなかったという。金銭の支払いはフロントではなく、室内にあるエアシューターで行うので、人の気配がないというのである。

「ああいうホテルのほうが、人気が出るのは当たり前だな」

父はつぶやいた。そういうホテルには雰囲気第一の若い人が行き、どちらかというと前時代的なチアキのホテルへは、年配の客が多い。多少、値段が安いのも、中年層に利用される理由かもしれない。

父は、

「孫は普通に会社に勤めてもらいたい」

といっている。幼いチアキに起きたいじめのことが心に残っているのか、小学校から私立に入れたほうがいいのではないかと、母は私立小学校の学校案内を集めはじめた。

「でもあの子が引き継ぐっていったら、いいんじゃないの」

「いや、いずれはここを処分して引退するよ」

地価の高い場所であるから、両親の老後の生活は心配ないだろう。なるべく彼らに負担をかけたくないと、チアキは店長として、時間が許す限り働いている。夜は息子と一緒に過ごすようにはしているが、会社に勤めているときよりも、はるかに勤務時間は長くなっているのだ。毎晩、息子はチアキをいたわってくれているのか、

「肩を叩《たた》いてあげる」

という。別れた父親のことはひとこともいわない。こんなに小さいのに、きっと自分に気を遣っているのだと思うと、チアキは何ともいえない気持ちになるのだ。

朝、母と一緒に息子を幼稚園に送り出すと、チアキはホテルに向かった。父かフロントのアルバイトの年配女性と引き継ぎをする。

「おはようございます」

チヨが顔を出した。

「おはようございます。あら、早いんじゃないですか」

時計はまだ九時になっていない。

「いーえ、何だか今日は混みそうな気配がしたので、早く出たんですよ。長年やっているとカンが働きます」

そういいながら彼女はエプロンを手早く身につけた。

「あらそう。私はまだ全然わからないのよ。プロじゃないわねえ」

　二人で笑っていると、

「オハヨ、ゴザイマス」

　とマリアがやってきた。チヨを紹介し、二人で組んで仕事をするようにといった。

「チヨさんにいろいろと教えてもらってね」

「ハイ、ワカリマス……タ。アリガトゴザイマス」

　チヨは、

「はい、じゃあ、こっちに来てね」

　と彼女を手招きして、奥に連れていった。

　チヨのカンが当たり、平日ではかつてないくらい、客が訪れた。顔ははっきり見えないようになっているけれど、気配からすると若い男性と人妻、男性と若い女性、老人と若い女性がやってきた。たまに同性同士のカップルもくるが、そういう客はトラブルをほとんど起こさないので、チアキは上客だと思っている。

　満室とはいかないまでも、そこそこ部屋が埋まっている。廊下などの防犯カメラをちらりちらりと見ていると、そこに全裸の若い女性の姿が映った。手には枕を持っていて、下着姿の腹の出た男が追いかけてくると、枕をぶんぶん振り回して抵抗している。

「二階だわ」

チアキはあわてて裏にいるチヨに声をかけ、自分はすぐに階段をかけ上がった。女性が大声でわめいているのが聞こえる。

「お客様、どうなさいましたか」

かけよると、彼女はささっとチアキの背後に隠れて男を指差した。

「この人、あたしのことだましたの。変なことしようとしたの。一緒にカラオケしたらお金をくれるっていったから来たのにさ」

黒いアイラインがにじんで、目の周りの水色のアイシャドウとごちゃごちゃになって、すごい顔になっている。興奮した息づかいがチアキの背中に伝わってきた。

「ふざけんなよ」

まだ歳はそれほどでもないはずの、太鼓腹の男性が怒鳴った。

「あの、他のお客様に迷惑になりますので、どうぞお部屋にお戻りください」

チアキは小声でそういって、二人と一緒に部屋に入った。隣の部屋のドアがちょっとだけ開いたが、すぐに閉じられた。女性はチアキの腕にしっかりとしがみついて離れない。ピンク色の部屋の中に、女性の衣類があちらこちらに散らばっている。カラオケのモニターには、ビデオが流れっぱなしになっている。

「おれが何をしたっていうんだよ。何もしてねえじゃねえかよ」

「したよ、私の服、無理やり脱がしたじゃん。約束が違うじゃん。カラオケだけやったらお金くれるっていったじゃん」

「ばかかよ、お前。ここがどういうところか知ってんだろ」

「朝からカラオケやってるとこないじゃん。何もしないからっていったから、来たのにさあ」

「なんだよ、ふざけんなよ。ただで女に金をやる男がどこにいるかよ」

「だって、カラオケだけっていったじゃん」

「いったけどさあ。じゃあなんで入るときにいやだっていわねえんだよ」

彼女のほうは口をとがらせている。チアキはただ二人のいい分をじっと聞いているだけだ。お金のことをいっているところを見ると、恋人同士の痴話喧嘩《ちわげんか》ではないらしい。

「だって、お金、欲しいもん」

それを聞いたチアキはため息をついた。

「どうするつもり？」

「帰る」

彼女は散らばった下着や服を集めて身につけはじめた。男性は腹を出したまま、横を向いて拗《す》ねている。

「あなた、学生さん？　この時間にここにいて大丈夫なの？」

彼女は黙っている。

「おうちはどこなの？」

と聞いても黙ったままだ。

「お知り合いですか」

男性にたずねても、

「知らねえよ、さっき会ったばかりなんだから」

という。チアキは仏頂面で服を身につけはじめた彼女に、小声で、「学生さんなの」と聞いた。彼女はうなずいた。

「いくつ？」

「中一」

「えっ」

「中一！」

「じゃ、じゃあ学校は……」

「行ってない」

「どうして」

「行きたくない」

「だめよ。中学生なんだから。ご両親が悲しむわよ」

「平気。親なんか大嫌いだから」

高さが十五センチもある流行のサンダルを履いたので、チアキよりもぐっと背が高くなった。

「あたし、家出してるの。友だちの家を泊まり歩いてるんだ」

「………。で、今日はお金が欲しくて、この人についていったの？」

「うん」

それを聞いていた男性は、目を丸くして、

「お前、歳いくつだって聞いたら、十六っていったじゃんかよ。何だよ、だまされたのはこっちだよ。おれの妹と同じじゃねえか」

男性は観念したのか、もそもそと服を着はじめた。彼女が妹と同い歳ということは、彼もそんなに歳じゃないはずだ。

「失礼ですがお客様はおいくつで……」

「おれ、おれは十六」

十六歳でどうしてそんなおやじのような太鼓腹をしているんだと、チアキは驚いた。

「申し訳ありません。お先に失礼します」

いくらおやじのような十六歳でも客は客だ。チアキはていねいに彼にそういって、彼女を連れて階下に降りた。

「いくらくれるっていったの」

「二千円」

「…………」

十六歳だったら、たくさんお金を持っているわけがない。フロントの裏の部屋に連れて行き、とにかく家に戻ること、今日はたまたま無事に済んだけれども、あぶない事件もたくさん起こっているので、これからは絶対に人にはついていかないようにと、母のような立場で話した。

「はい、わかりました」

どろどろの顔で彼女はうなずいた。

「顔、直してあげる」

チアキはコットンを持ってきて、汚れた目の周りを拭《ふ》き取ってやった。急にあどけない顔になった。

「男性の方は、先程、帰られました。割引券をお渡ししておきました」

チヨが顔をのぞかせて報告した。

「一人で帰れる？」

彼女はうなずいた。

「自分のことは大切にしなくちゃだめよ」

彼女を勝手口まで送っていった。

「ありがとうございました」

深々と彼女は頭を下げ、ぼっくんぼっくんと音をさせながら、歩いていった。

フロントに戻ると、チヨがマリアに事の顚末《てんまつ》を話してやっていた。ところどころ理解できたらしく、彼女は驚いていた。

「それでは行ってきます」

と二人が揉《も》めたピンク色の部屋にメンテナンスに出向いた。

チアキは防犯カメラに目をやった。特別、問題は起きていないようだ。朝方に利用する人には徹夜明けの男性も多く、仮眠をとってから出ていく人も多い。よれよれの姿でやってきて、女性と過ごしてから、身も心もすっきりとして出勤するサラリーマンもいる。

「ご利用になっていないようでしたので、いちおうカバーだけ替えておきました」

掃除から戻ってきたチヨが報告すると、マリアも、

「……オキマシタ」

と小声でいった。

「マリアちゃん、手慣れてますすよ。さすがに元メイドさんだわ」

「アリガト、ゴザイマス」

これからはこの二人で何とかうまくやってくれるだろう。

昼時には近所の洋食屋から出前を取り、ハンバーグ定食を食べた。

「ね、カンが当たったでしょ」

チヨが自慢した。チヨもマリアも結構忙しく過ごしていたようだ。他のホテルに比べて、設備は最新式とはいい難いが、チアキはそれもまたいいのではないかと思っている。

「どうでしたか」

勤務時間が終わったマリアにたずねると、

「ハイ、オモシロイデス」

と笑いながらいった。

「面白い？」

「ハイ、タクサン、イロイロナコト、アリマス。オヘヤモキレイデ、タノシイデス」

「そうねえ、いろいろなことは起こるわねえ」

だからチアキは飽きずにこの仕事を続けていられるのかもしれない。警察沙汰《ざた》は困るが、そこまでいかない小さな事件は数多く起こる。おじいさんとおばあさんがやってきて、二人で入れ歯を忘れたりとか、突然、夫がいるはずだと妻がねじこんできたりとか、チアキが関わった出来事もたくさんあった。これから息子が大きくなってきたら、家の仕事を説明しなければならないときもあるだろうが、それをどういおうかというのが、チアキの目下の悩みだ。チアキは、

「サヨウナラ」

と明るく帰っていったマリアを見送りながら、

「さ、これからもがんばろう」

と両手を上げて大きく伸びをした。

解説

朴《パク》　慶《キョン》　南《ナム》

書店で、ズラッと並んだ本の背表紙を目で追っているときなどに、「群ようこ」という名前に行き当たると、フッと目が止まって（止めるだけでなく、ちゃんと手を伸ばして本を買わなきゃね）、一息ついてしまう。

頭の中がコリコリッと凝《こ》ってたりすると、特にその名前に吸い寄せられるような気がする。

どうしてだろう。

肩や背中なんかに凝りを感じたとき、マッサージと書かれた文字に惹きつけられるのと似ているのかもしれない。

群ようこさんの書く文章は、読みやすいうえ、なんといってもおもしろい。その読みやすさとおもしろさにつられてページを繰っているうちに、頭の凝りがいつの間にかほぐれていたり、気持ちがラクになっていたりする。

ツボの押し方がうまいんだと思う。自分では気がつかないツボの一つ一つを、さり気なく、そんなに力を入れないで、ググッと押してくれる。

「そう、そう、そこなんだよね」

と納得させられて、ほど良く満足感を得ることができる。その〝快感〟が忘れられなくて、読者は彼女の本を手に取るのではなかろうか。


その読者の一人でもある私が、群ようこさんの本を最初に手にして読んだのは、十年ほど前のことである。当時、担当していた週刊誌の書評欄で、彼女の本を紹介させてもらったのがキッカケだった。

それまでは、楽しそうなタイトルの本がたくさん出版されていて、しかもよく売れているということを聞き知ってはいたものの、主な読者層は若い女性たちと勝手に思いこんでいたため〈私は違うもんね〉と遠巻きに見ていた感じである。

ところが一冊読んで、そんな先入観がぶっ飛んだ。

〈こりゃ、いいわ〉。彼女の本は、老若男女、どなたにもお勧めできると思った。

そのときの本は、群ようこさんがご自分の祖母を描いた『モモヨ、まだ九十歳』（筑摩書房）という本である。いわゆる老人に抱く固定観念を、ことごとく打ち破ってくれた痛快な内容だった。

何よりも、モモヨさんのパワー溢れる元気さとエネルギッシュな行動力、尽きぬ好奇心と前向きな生き方に圧倒され、励まされた。

あのスーパーおばあちゃん、モモヨさんの孫娘が群ようこさんかと思うと、やはり、この人はタダ者ではないという結論に達する。

モモヨさん譲りの、強く逞しい根っこがしっかり張っているからこそ、彼女の生みだす作品は、生活感にぶれがない、それこそ地に足がついたものになっているわけだ。

それから、彼女を知るうえでもう一つ、〈なるほど、フム、フム〉と感じ入ったことがあった。モモヨさんに注がれる家族たちの愛情の深さ、これがまたいいのである。人間(動物、植物、その他の生き物すべて)にとって、いちばん大切で必要不可欠なものは、間違いなく愛情であろう。この宝物を、彼女はもっているのだと思った。

モモヨさんの娘である彼女のお母さんが、『トラちゃん』(集英社文庫)に登場する。実に多種多様なペットを家族で飼い、彼らとの交流がユーモラスに綴られているのだが、お母さんがやっぱり愛情たっぷりの人なのである。

あのおばあさんにして、この母あり、この母ありて、群ようこありなんだなあと、しみじみ深くうなずいてしまった。

群ようこさんの作品の底流に、いつも人間の体温のぬくもりを感じるが、その源を知った気がした。

加えて、彼女の真骨頂である、文章の読みやすさとおもしろさは、シンプルで的確な表現能力、冷静な観察力がなせる業《わざ》であろうか。

これは豊富な読書量（すごい読書家だそうです）や、天性のタチ（資質）、はたまたご本人の努力のたまものと言えそうだ。これらすべてが合わさって、前述の、うまーいツボの押さえ方にもつながるんじゃないかと思ってしまうのである。


さて、前置きがずいぶん長くなってしまったが、いよいよ、この本にふれたい。

『働く女』というタイトルどおり、さまざまな働く女性たちが主人公となって登場する。華やかな女優さんあり、ラブホテルの店長さんあり、いろいろな場で、自分の仕事と向き合う女性たちの日常生活や思いが、リアリティをもって描写されている。

先にあげた二つの仕事は、かなり限定されたものであるが、その他はだれにでもごく身近なものばかりだ。

百貨店の外商、一般事務職、コンビニのパート、元一般企業総合職、フリーライター、エステティシャン、呉服店の店主、元銀行員。

日々の暮らしのなかで接することもあるし、自分自身も含めて、身の回りにいる人がこれらの仕事をやっているということもある。

　また、職種や状況は異なっていても、「うん、わかる、わかる」と共鳴、共感するところも多いであろう。

　一話の「それでも私は売りに行く」のチハルは、百貨店の外商部で働いている。特定の顧客を相手に商品を販売しているのだが、不況の影響もあって売り上げが伸びない。そのチハルを部長が呼びつけるところから話が始まる。

「あわてて後をついていったチハルは、どかっと大股を開いて座っている彼に一礼し、ちんまりと椅子に腰掛けた」

　この二行だけで、威丈高な部長の姿がアリアリと浮かんでくる。中身がないから、威張るしかないのであろう。

「……異様に数字に厳しく、部下を怒ってばかりいる。前の部長のときは、『いくら朝礼をやったって、売り上げが伸びるわけじゃなし』といって、二、三分で簡潔に終わっていたのが、今度の部長はだらだらと三十分以上は話す。ところが話が終わると、いったい何の話を聞いたのやら、さっぱり理解できないのであった」

　どこにでもこういう困ったオジさんがいるが、上司ともなると最悪である。

「説教は一時間以上続き、やっと解放されたときには自分が五歳老けたような気がした」

読みながら、いつしかチハルの身に自分を重ねてしまっているからか、こういうくだりにドキッとする。「五歳老けたような」というたとえが、とても現実感をもって迫ってくる。何気ない表現なのだが、言い得て妙なのだ。

そういう実感をともなった言い回しは、全編至るところに出てきて、登場人物と読み手との距離をグーンと縮めてくれる。ウマイよね。

話をもどそう。一話目の部長だけでなく、二話の「だからおやじはイヤになる」にも、困ったオジさんたちがゾロゾロと出てくる。

男女雇用機会均等法ウンヌンと言っても、この社会は紛れもない男社会だ。就職だって、女性たちにはメチャ厳しい。

入社試験の面接で、「カレシはいるの？」から始まって、セクハラまがいの質問を浴びせるおやじの話を聞いたことがある。友人は、上司に意見をハッキリ言ったために、「生意気」というレッテルを貼られてしまっている。

やられっぱなしでは悔しい。二話の主人公、一般事務職のトモミがパソコンの操作で、おやじたちをギャフンと言わせるシーンには溜飲《りゅういん》が下がる。

しかし女の敵は男とは限らない。同性の敵もやっかいだ。四話、元一般企業総合職のクルミ。おっとりしている彼女は、社内の女性たちのうっ憤のはけ口にされ、退社を余儀なくされたあと、古本屋の店番に居場所を見つける。

七話のエステティシャンのタマエも、その腕前と人気ゆえに、同僚にねたまれてしまう。女も怖い、怖い。

女ならではといった主人公たちも、ちゃんと登場する。六話の「やっぱりみんなに嫌われる」の女優、チユキ。自己中心でわがまま、虚栄心と見栄のかたまりのような女だ。実在のモデルがいるんじゃないかと思わせるほど、ナマナマしい存在感がある。

この主人公も、また強烈だ。八話の「とうとう誰も来なくなる」の呉服店の店主、テルコは、男性に向けるパワーをすべて仕事に傾ける。がんばり屋で一生懸命なのはいいけれど、思いこみが強く、周りの状況がまったく見えない。人との距離がうまくとれなくて、だれからも疎まれていく。

私の知り合いにも、こういう女の人いるなあ。

テルコのお尻がなぜだか痒くなって掻くシーンが最後の方に出てくる。無意識下にある彼女の空虚さと哀しみが、この仕草ににじみ出ているように思えた。

このせちがらい日本社会で、女が働くというのは結構キツいものがあるのだ。三話、「とりあえず子連れでレジを打つ」のコンビニのパート、ミサコ。五話、「なんだか不安で駆けまわる」のフリーライターのエリコ。九話、「でもちょっと何かが違う」の元銀行員ミドリ。十話、「いろいろあって、おもしろい？」のラブホテル店長のチアキ。みんなそれぞれがもっともな事情を抱え、それでも健気に懸命に仕事に励んでいる。

私に限って言えば、七話のエステティシャンのタマエが自分とだぶって仕方なかった。私もタマエと同じく自分はグッタリしていても、仕事となるや、サービス精神を発揮してガンバッてしまうのだ。でも、ガンバリ過ぎてもいけないんだよね。

全十話、どの物語の中にも、私は筆者がどこかに登場しているような気がした。分身とまでは言わないが、群ようこさんの気配が感じられるのである。

ひとまず、とにかく、なんとかやっていこうと、読み終わったあと思えるのは、「働く女たち」への筆者の、さりげないけれど温かい励ましが行間から読みとれるからだろうか。これぞ、ツボ押しの効果だね。

総務省労働力調査によると、二〇〇一年度の女性の労働力人口は二七五三万人、労働力人口における女性の割合は、四〇・九％（いずれも年度平均）だという。

働く女たちに幸多からんことを。実感こめて……。

（この作品は、一九九九年十二月、集英社より単行本として刊行されました。）

集英社文庫

働《はたら》く女《おんな》

2002年6月25日　第1刷

定価はカバーに表示してあります。

著　者　群《むれ》ようこ

発行者　谷山尚義

発行所　株式会社　集英社

東京都千代田区一ツ橋2—5—10
〒101-8050

(3230) 6095（編集）
電話　03 (3230) 6393（販売）
(3230) 6080（制作）

印　刷　大日本印刷株式会社

製　本　大日本印刷株式会社

ISBN4-08-747450-X C0193